나는 이런 삶을 살아왔다

나는 이런 삶을 살아왔다

발행일   2020년 2월 28일

지은이   박윤수
펴낸이   손형국
펴낸곳   (주)북랩
편집인   선일영   편집   강대건, 최예은, 최승헌, 김경무, 이예지
디자인   이현수, 김민하, 한수희, 김윤주, 허지혜   제작   박기성, 황동현, 구성우, 장홍석
마케팅   김회란, 박진관, 조하라, 장은별
출판등록   2004. 12. 1(제2012-000051호)
주소   서울특별시 금천구 가산디지털 1로 168, 우림라이온스밸리 B동 B113~114호., C동 B101호
홈페이지   www.book.co.kr
전화번호   (02)2026-5777   팩스   (02)2026-5747

ISBN   979-11-6539-106-5 03810 (종이책)   979-11-6539-107-2 05810 (전자책)

이 도서의 국립중앙도서관 출판예정도서목록(CIP)은 서지정보유통지원시스템 홈페이지(http://seoji.nl.go.kr)와
국가자료공동목록시스템(http://www.nl.go.kr/kolisnet)에서 이용하실 수 있습니다.
(CIP제어번호: CIP2020008530)

나는 이런 삶을 살아왔다

박윤수 지음

말단 공무원에서 출발해 고위 공무원이 되고
두 번이나 찾아온 죽음의 고비마저 극복한
전 부이사관 박윤수의 도전하는 인생 이야기

북랩 book Lab

평범하고 진솔한 인생을 살고자 하는 사람은 최소한 삶의 목표, 직업관, 결혼관, 가족관, 취미생활에 대한 깊은 사고를 가지고 있어야 한다. 왜냐하면 삶의 목표는 자신이 평상시 깊은 사고에 의해 정신적·물질적·사회적·정서적인 측면을 고려하여 갖춰놓은 가치관들을 종합해서 살아가는 방향과 길잡이를 결정해 주기 때문이다.

직업관은 자신이 하고 싶은 일을 하면서 기본적인 의식주를 해결하기 위한 것이고, 결혼관은 다른 가정문화와 습관 속에서 성장한 남녀가 사랑을 넘어 행복한 가정을 이루기 위해 평생 반려자를 선택하는데 중요한 기준이 된다. 가족관은 어른을 공경하고 부자간 또는 형제간의 사랑과 정(情)으로 이루어진 화목한 가정을 이끄는 기본 잣대가 되고, 취미생활은 틀에 박힌 일상생활 속에 쌓인 스트레스를 해소하는 탈출구의 역할을 함과 동시에 자신만의 즐거움과 행복한 삶을 생각할 수 있다. 또한 자신의 존재 가치를 되돌아볼 수 있는 나만의 시간을 만들어 주는 중요한 활력소 역할을 해준다.

　저자는 어렵고 힘든 청소년 시절부터 나름대로 삶의 목표를 설정하고 작은 것이지만 한 가지씩 실현 가능한 꿈을 꾸면서 4가지의 꿈과 희망을 성취하여 인생을 역전시켰다.

　첫 번째 꿈을 성취하여 낙제생에서 우등생으로 변신하고 이공계와 인문계에서 각각 학위 한 개씩 획득했다. 두 번째 꿈을 성취해 말라리아와 대장암 3기로 찾아온 두 번의 죽음을 극복하였다. 세 번째 꿈을 성취해 기능직으로 시작한 공직 생활을 부이사관으로 끝내면서 대한민국 홍조근정훈장을 받았으며, 동시에 하류층에서 중류층으로 발돋움하여 정신적·육체적·물질적·정서적 안정을 찾아 자유롭고 행복한 노후를 보내는 네 번째 꿈과 희망을 성취한 것이다.

　이 책은 저자가 처음 발간한 『나의 꿈은 멈추지 않는다』에서 밝힌 바 있는 64개의 화두를 청년, 중년, 노년 시기에 사색하면서 꾸준한 실천으로 4개의 꿈과 희망을 일궈낸 구체적인 생활양식을 기술한 것이다. 그리고 지금 현재도 진행 중인 다섯 번째 꿈인 평범하고 소박한 사람으로 살아가는 것을 다뤘다. 또한 어떻게 살아가는 것이 진정성 있고 참다운 삶이며 바람직한 생활 태도인지에 대한 저자 생각도 종합해서 정리해 놓았다.

청년 시절(PART 1)은 무한한 꿈과 희망을 설계하는 단계로, 진정한 나를 찾기 위해 나 자신의 위치와 상태를 우선 파악하였다. 어려운 여건과 고난 속에서도 포기하지 않고 일일신우일신(日日新又日新)하며 삶의 목표를 설정하고 올바른 직업을 찾는데 필요한 방법과 양식을 나열했다. 낙천적이고 긍정적인 자세로 꿈 너머의 꿈을 꾸고, 자신감을 갖고 살면서 끊임없이 생각하며, 짧은 지식 한 가지라도 실천으로 옮기려 노력해 온 28개의 구체적인 행동양식이다.

중년 시절(PART 2)에는 독신·계약·정상 결혼을 두고 심사숙고한 끝에 정상적인 결혼을 선택하고 사회적·경제적인 안정을 확보하였다. 행복하고 평범한 가정을 꾸려 자녀를 낳고, 자녀가 결혼할 때까지 겪은 교육 문제와 가정 교육 내용을 기술했다. 이 파트에서는 부모로서 갖춰야 할 기본 생활양식을 솔선수범(率先垂範)한 내용과 함께 자신의 성장을 위한 자기 계발 프로그램에 적극 참여하고 취미생활과 노후 대책을 철저히 준비해 온 16개의 숨 가쁜 일상생활을 정리했다.

노년 시절(PART 3)에는 성숙하고 평화로우며 아름다운 마무리를 할 수 있도록 사회적·경제적·정서적 여건에 맞게 황혼을 준비하는 과정을 담았다. 퇴직 이후에 생기는 많은 자유 시간의 활용 방법을 찾아 소일거리를 창조하고, 그것을 실행으로 옮기는 과정에서 주변 환경을 간소하고 단순하게 정리해 가는 20개의 행동 양식을 정리했다. 그리고 자연의 변화와 순환 과정을 인정하면서 자연 속으로 아름답고 평화롭게 돌아가는 꿈과 희망을 그렸다.

총정리 부분(PART 4)에서는 청년·중년·노년 시절에 습득한 삶의 지혜를 적극 실천하여 소박한 꿈과 희망을 달성해 온 저자의 평범하고 진솔한 삶에 대한 철학과 사상을 담았다. 여기서는 평범하고 소박한 사람으로서의 행복한 삶이 무엇이고 진솔하고 즐겁게 사는 참다운 삶이란 무엇인지, 그리고 다가오는 죽음을 어떻게 맞이하고 삶을 아름답게 마무리하는 것이 좋은 것인지에 대해 정리했다. 여유시간이 부족한 사람들은 이 부분만 읽어봐도 좋을 것 같다.

평범하고 소박한 사람 대부분이 그렇겠지만, 목표와 성공을 위해 뒤돌아볼 틈도 없이 앞만 보고 살아왔다. 그래서 우리가 알아야 할 올바르고 참다운 삶이 무엇인지에 대해 스스로 질문하고 답을 찾는 활동을 소홀히 할 수밖에 없는 것이 현실이다. 아마도 우리는 인생을 마감하는 날까지도 정답을 찾지 못하고 방황할 것이다.

평범한 사람들은 이 세상에 태어나서 100년 이상 살기 어렵고,

사후 역사에 이름을 남길 정도의 업적을 남기지 못한다. 그걸 알면서도 삶의 목표와 방향을 올바르게 설정해서 타인에게 부담과 피해를 주지 않고 아름답게 삶을 마무리하겠다는 소박한 꿈과 희망을 이루고 좀 더 나은 삶을 위해 열심히 살아가고 있는 것이다. 자신의 위치와 주변 여건을 명확히 판단하여 삶에 대한 열정과 열의를 가지고 긍정적이고 낙천적인 자세로 평범하고 진솔하게 사는 것. 저자는 이 생활 태도 자체에 삶의 가치를 두고 올바르고 참다운 삶을 살기 위해 노력했다. 그리고 지금 이 순간에도 미래를 위해 끊임없이 노력하며 살아갈 것이다.

즐겁고 행복한 삶, 올바르고 참다운 삶을 찾아가는 평범하고 진솔한 독자들에게 이 책이 가벼운 안내서로 활용되었으면 하는 것이 저자가 갖고 있는 솔직한 마음이다. 왜냐하면 삶을 설계하고 행동으로 옮기는 것은 저자가 아니라 독자 여러분 자신이기 때문이다.

박 윤 수

| 차 례 |

PART 1

무한한 꿈과
희망의 설계

1장
탄생, 그리고 삶의 목표와 꿈의 설계

진정한 나를 찾아서…

소크라테스는 "너 자신을 알라."라고 했다. 그러나 내가 누군지, 어디에서 왔는지, 어디로 가고 있는지 올바르게 알고 생활하는 사람은 얼마나 될까?

우리가 살아가고 있는 21세기는 모든 분야가 매일 양산되는 엄청난 정보로 인해 숨 막힐 정도로 복잡하고 빠르게 변해가고 있다. 과학기술과 정보처리 과정이 시시각각 발전해 새로운 아이디어와 수많은 신기술·제품·시스템으로 우리 주변을 가득 채운다. 우리의 두뇌는 수많은 정보를 받아들여 자신의 현실에 신속하게 반영해야 하기 때문에, 지금 내가 어디로 가고 있는지조차 돌아볼 시간도 없다. 결국 주변 환경에 휩쓸려 '나'라는 존재를 잃어버린 채 살아가고 있는 것이다.

이처럼 우리는 무엇을 하든 현실에 얽매인 채 버둥거리면서 이리 뛰고 저리 뛰며 살고 있다. 그래서 분주한 일상 속에 노출되어 있는 외적인 '나'라는 존재만 남고, 근본적이고 내적인 '나'라는 존재는 찾아보기 힘든 경우가 많아지게 되는 것이다.

진정한 '나'를 찾아가는 길은 '나'라는 존재를 외면에 노출되어 있는 육체에서만 찾지 말고 내면에 존재하고 있는 내 마음속에서 찾아야 한다. 내면의 '나'를 찾는 순간부터 온 세상에 부러울 것이 없고, 대자연과 더불어 유한한 삶을 살아가는 아주 미미한 존재인 동시에 무한한 가능성을 가지고 있는 존재라는 것을 스스로 깨닫게 되는 것이다. 즉 자신의 내면에 숨어 있는 잠재력을 발견하여 일상생활 속에서 내가 알고 있는 지식을 잘 활용해 행복하고 즐거운 내 삶을 찾아가는 것이 바로 '나'인 것이다.

미국 교육심리학자 해리 팔머는 진정한 자신을 찾기 위해 스스로 감각 차단 탱크 속에 들어가 8주 동안 지내면서 자신이 어떤 존재인가 탐구하는 작업을 하였다. 시각, 청각, 미각, 후각, 촉각 다섯 가지 감각기관을 모두 차단한 관처럼 생긴 통 속에 들어가 오로지 자신만을 관찰한 것이다. 생명이 위태로울 수도 있는 어려운 실험 과정을 통해, 그는 이 육체는 내가 아니며 진정한 나는 육체 너머에 존재하는 영원한 영적 존재임을 확인하였다고 한다.

만약에 학생 신분이라면 '나는 왜 학교에 가는지?' 또는 '왜 공부를 해야 하는지?', '학교생활을 마치고 나서 사회에 진출해 무엇을 할 것인지? 그리고 결국 내 삶의 목표는 무엇인지?'에 대해 스스로 질문하고 답을 찾아 동기를 부여하며 살아가야 한다. 왜냐하면 매일 자신에게 자극을 주고 동기를 부여하며 생활하는 사람과 남이 하니까 마지못해 쫓아가는 사람의 생활 수준은 청년 시절을 지나 중년과 노년 시절이 되었을 때 확연하게 격차가 나타나기 때문이다.

지금 부모 또는 선생님이 내게 강요한다고 억지로 공부하게 되면 모든 선택을 남에게 의존하거나 수동적인 사람이 되기 쉽다. 공부를 한다, 혹은 지금은 놀겠다 등의 모든 선택은 잘되든 잘못되든 내가 스스로 책임지겠다는 자세로 스스로 결정하고 행동하는 습관을 들여야 하는 것이다. 물론 대부분의 청년은 아직 철이 덜 들었기에 자신의 모든 일을 스스로 결정하고 행동하는 게 쉽지 않을 것이다. 그렇지만 지금 현재 최선을 다하고, 남이 시켜서가 아니라 자기 스스로 공부하거나 적성에 맞는 일에 몰두하는 사람이 미래를 기약할 수 있으며, 멋진 미래를 소유할 가능성이 훨씬 높다. 이 사실만큼은 결코 잊어서는 안 된다.

자연의 순리에 따라 계절은 봄, 여름, 가을, 겨울로 순환한다. 인간의 삶도 청년, 중년, 노년을 거쳐 죽음을 맞이하고, 또 다른 새로운 삶을 시작하는 윤회의 과정이 반복된다. 세상에 존재하는 모든 것 중 영구불변(永久不變)한 것이 없듯이 인간도 끊임없이 변하며 계속 전진하는 것이다.

우리 청춘은 부모 또는 주변 어른들의 보호를 받으며 밤낮 가리지 않고 공부와 시험에 시달린다. 학교를 졸업하면 이상적인 푸른 꿈보다 현실의 벽을 느끼며, 냉혹한 경쟁 사회에서 요구하는 스펙에 시달려야 하는 시기도 닥쳐온다. 그러다가 어느덧 꽃다운 청년 시절은 지나가고 영원한 반려자와 결혼해 중년으로 접어들게 되며, 자녀를 거느린 부모로서 가정을 지켜야 하는 책임과 부담감을 어깨에 짊어지게 된다. 세월이 흐르면 아름다운 마무리를 해야 하는 시점이 다가온다.

이런 바쁜 일상생활 속에서 나는 누구이며, 어디에서 왔고, 어디로 가고 있는지를 스스로에게 자주 물어보고 사색하는 사람이 행복하고 참다운 삶을 살 수 있는 확률이 높다는 것이다. 스스로 행복하고 즐겁고 참다운 삶을 찾으려 노력하는 사람은 타인보다 조금 더 나은, 자신만의 생활을 능동적으로 이끌어 갈 수 있는 것이다.

내면의 진정성을 찾는 일은 복잡한 삶 속의 우선순위에서 항상 뒷전으로 밀려나고 뒤처져 있다. 그래서 진정 내가 추구하는 삶의 방향을 제대로 찾지 못하고 아름다운 청춘을 흘러보내는 경우가 많다. 그렇다고 내 삶의 최종 목표까지 잃어버린 채 살게 되면 자신의 정체성을 잃어버리고 남의 이목에 맞추기 급급해 타인이 요구하는 대로 자신의 삶을 흘러보내기 쉽다. 그 결과 내 삶을 적극적으로 살지 못하고 타인의 삶에 얽매어 소극적으로 살게 되는 것이다. 안타까운 현실이다. 그러므로 우리는 이를 극복하기 위해 청년 시절에 많은 생각을 하고 그것을 행동으로 옮기면서 삶의 목표에 대한 확고한 의지와 신념을 갖출 수 있도록 노력해야 한다. 그리고 이러한 생활양식을 습관화할 수 있도록 각고의 노력을 아끼지 말아야 하는 것이다.

평균 기대 수명인 82.7세(2017년 통계청 자료)를 기준으로 볼 때, 30세를 넘지 않은 청년 시절은 이제까지 살아 온 날보다 앞으로 살아갈 날이 더 많이 남아 있다. 실패와 시행착오를 되풀이한다 손 치더라도 흔들리지 말고 내 삶의 목표를 조금씩, 하나하나 성취해 가면서 행복을 느끼며 올바르고 즐겁고 참다운 삶을 살아가는 방법을 배워나가도록 노력해야 하는 것이다. 청년 시절에 삶의 목표를 갖고 살아온 사람의 인생과 목표 없이 살아 온 사람의 인생은 중년과 노년 생활, 그리고 죽음을 맞이하는 자세까지 엄청나게 차이가 난다는 것을 하루라도 빨리 깨닫는 것이 무엇보다 중요하다.

탄생은 아름답다

탄생은 정말 아름다운 것이다. 특히 우리가 자주 다니는 길거리나 동물원 등지에서 갓 태어난 강아지, 원숭이, 다람쥐, 새, 기린, 토끼, 거북이, 물고기 새끼들을 볼 수 있다. 또한 산책하면서 큰 나무 옆에서 새잎을 펼치는 어린나무, 낙엽 사이를 비집고 나오는 이름도 알 수 없는 새싹, 정원에 씨앗을 뿌린 결과 땅을 뚫고 나오는 배추, 무, 상추 등의 새순을 보면 정말 아름답고 신기하다는 느낌을 갖게 되고 자연의 이치에 감탄하게 된다. 자연 속에서 발견하는 탄생도 그러할진대, 하물며 아기의 탄생은 어떻겠는가? 말과 언어로 표현할 수 없을 정도로 귀엽고 사랑스러우며 탄복할 만큼 아름다운 것이다.

나는 내 딸이 결혼해 임신했을 때, 외손녀의 성장 과정을 진단받으러 아내와 함께 산부인과에 다녔다. 태아의 숨소리와 심장 뛰는 소리를 내가 초음파를 통해 처음 보고 들었을 때, 눈물이 날 정도로 감동적이었고 아름다움 그 자체라고 느꼈다. 아내가 외동딸을 임신하였을 당시에는 태아의 성별을 미리 아는 것이 금지되어 있어 태아의 움직임을 보고 듣는 것이 쉽지 않았다. 그래서 태아의 숨소리와 심장 박동 소리를 듣지 못했던 내게 더욱 큰 감동으로 다가왔던 것이다. 태아의 심장박동 소리를 듣고 딸의 뱃속에서 유영하는 태아의 모습부터 외손녀가 태어나는 그 순간까지 옆에서 지켜보았던 나는 인간 탄생의 신비로움과 아름다움, 그리고 처음 느껴보는 새로운 감정까지 더해져 감탄을 금할 수 없었다. 그리고 이 경험은 모든 생명의 탄생에 대해 다시금 생각하게 만드는 계기가 되었다. 이렇게 딸의 출산 소식은 우리 가정과 내게 아주 큰 축복을 주었던 것이다.

최근에 나는 약 10달 이상 나를 뱃속에 품고 쓰다듬고 보듬어 주면서 이 세상의 빛을 보도록 해주신 내 어머니와 내 딸의 경우를 견주어 잠시 생각해 보았다.

어느 날, 딸이 우리 집에 왔다. 반가운 마음에 아내가 딸을 위해 맛있는 반찬을 만들어 주었는데, 조금 먹다가 유치원에서 귀가하는 자기 딸에게 주겠다고 맛있는 반찬 몇 가지를 남겨두는 것을 보았다. 그 순간 '딸이 우리 부부를 위해서도 평상시 저런 행동과 마음가짐을 가지고 있을까?'라고 마음속으로 생각해 보곤 했다.

나는 나와 떨어져 사시는 어머니를 한 달에 한두 번 정도 야외로 모시고 나가 드라이브와 외식을 겸하고 있지만, 내 집에서 먹는 음식 중에서 맛있는 반찬이나 과일, 고기 등을 먹으면서도 어머니를 위해 남겨두었다가 찾아가 드려야겠다는 생각을 한 적은 매우 드물다. 아마도 내 딸도 그렇게 생각하고 있지 않을까?

생각해 본다. 내가 어머니에게 평상시 하고 있는 생각이 이러다 보니, 내 딸이 우리를 끝없이 생각하며 사랑해 줄 것이라고는 기대하지 않는다. 그러면서도 한편으로 서글픈 생각이 든다. '이 것이 내리사랑이라는 자연의 순리에 맞는 진정한 삶일까?' 하고 고민해 보는 것이다. 간혹 나타나는 효자를 제외하면 이런 현상 이 대부분의 일반 가정에서 일어나는 일이라는 사실에 씁쓸하고 서글픈 생각이 들었던 것이다.

잠시 동안 이런저런 생각에 잠겼다가 평소에도 나를 낳아 주 시고 길러주신 부모님에게 감사하는 마음을 가지고 생활하는 것 이 바람직한 생활 태도라 생각하며 마음을 달래 본다. 그리고 이 세상에 태어나 지금 현재 존재하고 있는 나 자신의 이 모습이 그 어느 것보다 아름다운 것이므로 더욱 소중하게 다루어야겠다고 마음가짐을 가다듬어 보는 것이다.

자신의 위치와 상태 파악하기

삶의 목표 또는 중·장기 계획을 수립할 때 가장 먼저 해야 하 는 일은 자신의 위치와 상태를 면밀하고 냉정하게 분석·파악하 는 일이라고 생각한다. 특히 자신의 삶을 타인의 삶과 비교하지 말고 자신이 처해 있는 주변 환경을 더하거나 빼는 것 없이 정확 하게 분석하겠다는 마음가짐이 무엇보다 중요한 것이다. 이것은 남이 나를 대신해 살아줄 수 없는 내 삶이기 때문이다. 그래야만 자신의 현 위치에서 1년 이내, 3년 또는 5년 이내, 10년 이내, 30년 또는 50년 이내, 죽음을 맞이하는 시점에 이르기까지의 살아가는 방향과 실현 가능한 목표를 설정할 수 있다. 즉 허황된 꿈과 희망이 아닌, 현실적으로 내 주변의 사회적·경제적·정서적 환경에 맞는 소박한 꿈과 희망을 갖고 원하는 목표를 하나하나씩 정복해 나갈 수 있다는 것이다. 그 결과 단기적인 목표 성취로 인한 자신감과 자부심을 가질 수 있고, 성장한 자신의 위치와 상태에 맞게 새로운 목표를 설정해 나갈 수 있다.

만약 원하는 기간에 목표를 달성하지 못했다 할지라도 포기하지 말고, 실패한 원인을 분석하여 실패도 큰 성공을 이루기 위한 과정 중 하나로 생각해 접근하는 방법을 개선해서 다시 재도전하는 것이다.

내가 처해 있는 주변 환경에 대해 스스로 보고 느끼면서 가까운 지인이나 고서에서 전해주는 조언 또는 고언을 귀담아듣고 고민해 보는 것도 좋은 방법이다. 또한 이런 정보를 꼼꼼히 분석하고 판단하는데 많은 시간과 공을 들여 내 환경에 맞는 생활양식을 찾아내는 것이다. 내가 처해 있는 위치와 상태에 따라 목표 설정과 추진 방향 등을 결정해야 하는 작은 과정들이 하루에도 수십 번, 수백 번 일어난다. 모든 것이 고정된 것 없이 변해 가고 있으므로 주변 환경에 따라 목표와 방향을 결정하고 판단해야 하며, 그 과정에서 항상 올바른 길을 선택하여 개선해 나가겠다는 정신적인 자세도 필요하다. 개개인의 체력·지식·재력·지위에 따라 삶의 목표에 대한 판단 기준이 각각 다르겠지만, 자신의 현재 위치와 상태에서 가장 보편적이고 상식적인 측면으로 접근하여 참다운 삶이 어떤 것인지를 찾아 올바르게 분석하고 판단하는 기술을 배워 나가야 하는 것이다. 자신을 면밀히 분석하고 판단하는 기술도 필요하지만, 이를 꾸준히 실천해 나가는 방법도 찾아내 평소 자신의 몸이 자연스럽게 행할 수 있도록 습관화하는 노력을 지속적으로 해나가겠다는 마음가짐을 갖춰야 한다.

청년 시절 삶의 목표가 노후 생활을 좌우한다.

인간은 누구에게나 하루 24시간이 똑같이 주어지고 99% 이상이 100세를 넘기지 못하고 인생을 마감한다. 따라서 청년 시절에 많은 생각을 하고 행동을 절제하고 관리하면서 자기 삶의 목표를 명확히 설정하고 계획적으로 실천해 나가야 하는 것은 당연한 일이다. 그래야만 중년 시절에 올바르고 행복한 가정을 갖추고 노후에 자유롭고 즐거운 생활을 하는 멋지고 아름다운 삶을 보낼 수 있다.

학교와 학원을 오고 가며 공부해야 하는 시기. 동시에 농구, 야구, 축구, 수영, 배구, 테니스, 등산 등의 운동도 하고 많은 친구를 만나면서 삶의 목표와 살아가야 할 이유 등을 고민해야 한다. 그렇다면 시간을 어떻게 잘 분배하고 관리해야 할까? 정말 어렵고 힘든 일이다. 그렇다고 이 일을 포기하면 장래의 희망과 꿈은 눈 깜짝할 사이에 사라져 버리는 것이다.

한정된 시간 속에서 삶의 목표를 추진하면서도 자기만의 여유 시간을 마련하여 다양한 책을 읽고, 로맨틱한 영화·연극도 보고, 음악도 많이 듣도록 하는 것이 건전한 생활양식이라고 본다. 또 어느 날에는 한적한 오솔길을 걸으며 깊은 사색에 잠겨 여유로운 산책도 해봐야 하는 것이다.

삶의 목표는 자신만의 길이므로 정답이 없다. 그러니 바쁘고 복잡한 일상생활을 벗어나 자유로운 시간을 만들어서 아름다운 곳을 찾아 여행을 훌쩍 떠나보는 것도 좋다. 낯선 여행지에서 내 생활양식과는 다른 생활양식을 가진 사람들을 만나 대화도 나누고 즐거운 시간을 가져 봐야만 진정한 삶을 느낄 수 있다.

여행을 다녀보면 경제적 여유를 가지고 호화로운 시설에 비싼 자동차와 럭셔리한 옷, 맛있는 음식을 먹으며 삶을 즐기는 사람이 있는가 하면, 자신의 생활 수준에도 훨씬 못 미치는 빈곤 속에서 하루 한 끼도 제대로 먹지 못하고 궁핍하게 생활하는 사람도 목격하게 된다. 국내외 여행을 통해 저마다 살아가는 생활 풍경은 거의 비슷하다는 것을 자신의 눈으로 보고 귀로 들으며 피부로 직접 느껴 보는 것은 매우 중요한 일 중 하나인 것이다.

따라서 혈기 왕성한 젊은 청소년 시절에 진정성 있는 참다운 삶의 목표를 제대로 설정하고 열정과 열의를 가지고 최선의 노력을 다하는 사람에게는 희망찬 꿈과 희망이 펼쳐질 확률이 훨씬 높다는 것이다. 자신의 삶에 대한 목표를 갖고 끊임없이 노력하는 사람은 하늘이 점지해준 큰 부자는 못 되더라도 작은 부자가 되어 정신적·물질적·정서적으로 안정적인 생활을 할 수 있다. 또한 평화롭게 자유를 누리고 맘껏 세계 속을 활보하며 삶이 끝날 때까지 즐겁고 행복하게 살 수 있다.

우리는 자본주의, 사회주의 등과는 관계없이 어느 곳이나 양극화 현상이 항상 존재한다는 것을 인식해야 한다. 따라서 어느 곳이든 간에 주변 환경에 개의치 않고 열과 성을 다해 끊임없이 노력해 나간다면 하류층에서 중류층으로, 중류층에서 상류층으로 자신의 위치를 변화시킬 수 있는 길이 열릴 것이다.

평범하고 소박한 삶을 살면서도 늘 새로운 것을 추구하고 경험과 체험을 통해 진실한 참다운 삶의 길을 찾아가는 것이 올바른 생활 태도이다. 그러면서 잘한 것은 칭찬하고 잘못한 것은 개선해 나가겠다는 정신자세를 갖추고 살아가는 것이다. 이런 정신자세로 청년 시절에 자신이 설정한 삶의 목표를 포기하지 않고 인내와 끈기를 갖고 꾸준히 노력한다면 못 이룰 꿈과 희망은 이 세상에 없으며, 노후에도 평화롭고 자유로운 생활이 보장된다.

실현 가능한 희망과 꿈을 꾸자

모든 사람은 작든 크든 자신만의 꿈과 희망을 가지고 있다. 어떤 부류의 사람들은 청소년 시기부터 실현 가능한 꿈을 단계적으로 계획하여 행동으로 옮기면서 제2, 제3의 꿈을 이룬다. 이들은 매일, 매주, 매달 무엇을 할 것인지 구체적으로 생각하고 실천하면서 금년에는 무엇을 어떻게 달성할 것인가 수시로 질문하고 답을 찾아가는 사람들이다. 결국 이들은 목표 달성에 성공하든 실패하든 체험을 통해 얻은 것들을 자기 것으로 만들어 다음 목표에 반영해가면서 살아간다.

반면에 다른 부류의 사람들은 실현 불가능하고 현실과 동떨어진 허황된 희망과 꿈을 꾸면서 일확천금을 노리거나, 유혹이나 재미에 빠져 의미 없는 아까운 청춘을 보내는 사람들이다. 그래서 이들은 이룰 수 없는 환상에 젖어 스스로의 머릿속만 복잡하게 만들고, 동시에 현실적인 유혹에 빠져 말 그대로 꿈속을 헤매다가 허송세월을 보낸다. 결국 혈기 왕성한 청소년 시절을 보내고 자신의 희망과 꿈을 이루지 못한 채 중년과 노년을 맞이하여 정신적·육체적·물질적·정서적으로 어렵고 힘든 생활을 해야 하는 경우가 많은 것이다.

프란츠 베르거와 하랄트 글라이스너가 쓴 『단순하게 살아라』라는 책에서 제시한 SMART(Situation, Measurable, Attractive, Realistic, Terminate) 원리가 꿈과 희망을 구체적으로 설정하고 실행하기 위해 효율적인 방법을 찾는 청년들에게 많은 도움을 줄 것이다. 이 SMART 원리를 잘 이용한다면 원하는 시기에 꿈과 희망을 성취할 수 있는 확률이 조금 더 높아질 수 있다.

- S(Situation, 상황): 현재 자신의 모습을 정확하게 알아야 한다. 나는 지금 어디에 있고, 무엇을 할 수 있으며, 무엇을 이용할 수 있는지 등 철저하게 자신의 현실을 있는 그대로 파악해야 한다.

- M(Measurable, 측정 가능한): 구체적인 목표는 측정 가능한 것으로 확실한 기준치를 설정한다. 즉 "나는 누구보다 더 잘하고 싶어." 하는 애매한 목표를 세우거나 남의 목표와 비교해서는 안 되고, "나는 최소한 전 과목 평균을 90점 이상으로 높인다."라는 식으로 자신의 수준에 맞는 절대적인 기준치를 마련해야 한다.

- A(Attractive, 매력적): 나 자신에게 맞고 마음에 닿는 매력적인 목표를 설정해야 한다. 예를 들면 그림에 소질이 있고 재주도 있는 사람이 음악 하는 사람이 멋있게 보인다는 이유로 소질이나 적성에 맞지 않는 음악을 선택한다면 그것은 매력적인 목표가 아니라 무모한 일이 될 것이기 때문이다.

- R(Realistic, 현실적): 실현 가능한 목표를 세워야 한다. 목표는 구체적이고 실현 가능한 현실적인 것이어야 꾸준히 노력해 얻은 결과물에 대한 성취감과 만족감을 느낄 수 있다. 즉 너무 허황되고 이상적인 꿈만 가지고 있거나 비현실적인 유혹이나 재미에 빠

지면 허송세월을 보내기 쉽다. 기적이 일어나기를 바라는 것은 금물이다.

  - T(Terminate, 기간): 언제까지 목표를 달성할 것인가를 분명히 해야 한다. "언젠가는 이루어지겠지." 하는 애매한 말로 목표를 설정해서는 안 된다. 시간이 너무 짧으면 실패 가능성이 높고, 너무 길면 의욕이 떨어지거나 실천하는 것을 뒤로 미루게 되기 때문이다.

  우리가 마음속에 담고 있는 소박한 꿈과 희망이라고 하는 것은 자신의 위치와 현실에 맞는 것을 추구해야 즐겁고 행복한 것이다. 너무 이상적이거나 허황된 꿈은 차갑고 냉철한 조직 사회에 적응해 가며 자신의 꿈과 희망을 성취하기는 상당히 어렵기 때문이다. 조직이란 개인의 행복과 동떨어진 공동의 이익을 추구해 나가는 곳이기 때문에 더욱 그렇다.

  사회에 첫발을 들어 놓은 초년생들이 꿈꿔 오던 생각과 산업 현장의 현실은 아주 딴판인 경우가 허다하다. 학교가 돈을 내고 내가 원하는 것을 배우는 곳이라면, 직장은 돈을 받으며 조직이 원하는 것을 해줘야 하는 곳이다. 학교와 직장은 설립 목적이나 방향이 아주 다르기 때문에 하늘과 땅만큼이나 큰 차이가 나는 것이다. 따라서 조직적인 사회생활 속에서는 인간관계, 배움과 실행, 적성과 업무 등에 잘 적응해야만 자신의 비전과 목표를 한 단계씩 성취해 나갈 수 있다. 어떤 조직 내에서 맨땅에 헤딩하며 성장해야 하는 사람들에게는 자신의 꿈과 조직의 꿈을 동시에 성공적으로 이끌어간다는 것은 하늘의 별 따기처럼 어려운 과정인 것이다. 왜냐하면 우리가 노력한 만큼 결과가 나오면 좋겠지만 현실은 매우 다르기 때문이다. 현실은 아무리 노력해도 변화가 없는 지점에 도달할 때가 많이 있다.

예를 들어 물을 끓여 보면 섭씨 100℃에 이르면 아무리 열을 가해도 더 이상 온도가 올라가지 않는다. 여기서 열을 더 가하지 않으면 식어버리지만, 포기하지 않고 계속 열을 가하면 기체로 변해 하늘로 올라간다. 마찬가지로 아무리 노력해도 변화가 없는 지점에 다다르면 대부분의 사람은 노력을 포기하고 주저앉는다. 반면에 소수의 사람은 포기하지 않고 이 지점을 뜨거운 땀과 인내로 이겨내 성공의 희열을 맛보게 되는 것이다.

만약에 어떤 어려움과 힘든 일을 이겨낸다 하더라도 비전이 없고 내 꿈을 지켜낼 수 없는 조직이라면, 과감하게 정리하고 다른 곳을 찾아 떠나는 결단도 때로는 필요하다. 지금까지 갖고 있던 기득권, 자존심, 자괴감, 들인 비용 등을 모두 내려놓아야 하는 것이다. 자신의 꿈과 희망을 돌아보면, 이것들은 그렇게 큰 것이 아니고 아주 작고 알량하며 사소한 것에 불과하다. 이런 타성들을 과감히 버리고 나면 새로운 기분이 들 것이다. 그리고 꿈과 희망을 찾아 더 높은 곳으로 향하는 출발점에서 다시 전진하는 것이 훨씬 낫다.

스티븐 코비가 쓴 『성공하는 사람들의 7가지 습관』에서는 다음과 같이 말하고 있다.

① 자신의 삶을 주도하라.
② 끝을 생각하며 시작하라.
③ 우선순위를 정해 소중한 것부터 먼저 하라.
④ 쌍방에 도움이 되는 윈-윈을 생각하라.
⑤ 먼저 이해하고 다음에 이해시켜라.
⑥ 팀원들과 시너지를 내라.
⑦ 끊임없이 쇄신하라.

다시 날아오를 준비가 되어 있다면, 현재보다 더 나은 정신적·물질적·정서적인 삶을 추구할 수 있는 기회를 잡을 수 있다는 자신감과 낙천적이고 긍정적인 생각을 가져야 한다. 자신의 위치에서 현실적으로 실현 가능한 희망과 꿈을 꾸며 더 많은 열정과 열의를 가지고 노력해 나가겠다는 마음가짐으로 생활한다면, 우리 사회가, 국가가 자신을 올바르고 성공적인 삶으로 이끌어 준다고 나는 확신한다.

2장
자신감을 갖고 일일신우일신 하는 생활

자신의 목표에 주눅 들지 말고 자신감을 갖자

자신의 목표를 타인의 목표와 비교하면 안 된다. 각자의 성장 과정이나 경제적 여건 등 주변 환경이 모두 다른 탓에 자신이 추구하는 목표가 다른 사람과 똑같을 수 없기 때문이다.

자신이 세운 목표가 크게 성공한 사람들 입장에서는 아주 하찮고 작은 것으로 보일지라도 부끄러워하거나 숨기지 않는 것이 좋다. 그리고 타인의 이목에 주눅 들지 말고 자신의 길을 당당하게 걸어가야 한다. 왜냐하면 주변 사람들이 나보다 좋은 학교와 좋은 직업, 부유한 가정 등 좋은 배경을 등에 업고 잘 나가고 있는 것을 보면 상대적으로 자신이 불행하고 하찮은 존재로 느껴지게 되고, 자신의 목표도 더욱 작게 느껴져 주눅이 들기 때문이다.

내 행복과 만족을 위해서는 잘 나가는 사람과 비교하는 것을 멈춰야 한다. 그래야 진정한 내 삶의 길을 찾아갈 수 있고 나름대로 즐거움과 자유를 만끽할 수 있다. 만약 남과 비교하는 것을 멈추지 않는다면 인간의 뇌는 현실을 절대적으로 바라보지 않고 상대적으로 바라보기 때문에 주변에 큰 것이 있으면 자신의 것이 더 작게 보이고, 주변에 작은 것이 있으면 더 크게 보인다. 결국 주변 사람이 성공하면 나 자신이 더욱 불행하다고 느끼는 것이다. 비교 대상을 타인에게서 찾는 것이 아니라 나 자신을 제어하는 마음속 내면세계의 내가 원하는 일에서부터 찾아야 만족도와 행복을 극대화할 수 있는 것이다.

작은 목표일지라도 자신이 원하는 시기에 목표를 달성하겠다는 열정과 자신감을 갖고 생활해 나간다면 자신이 살아 있는 백년 이내에 3번 내지 4번의 인생 역전 드라마를 이끌어 낼 수 있다고 믿는다. 나는 『나의 꿈은 멈추지 않는다』에서 밝혔듯이 어려운 환경 속에서도 청소년 시절부터 작은 꿈을 이루기 위해 현실을 직시했고, 내 위치에 맞는 실현 가능한 목표를 설정하여 하나씩 정복해서 4개의 꿈을 이루고 인생 역전을 이루는 것에 성공했다.

지금은 다섯 번째 꿈인 아름다운 황혼을 위한 정신적·육체적·정서적 활동에 열과 성을 다해 살아가고 있다. 정신적인 활동으로는 글쓰기와 독서, 서예, 사군자 등의 작품 활동을 하고 있으며, 육체적 활동으로는 불곡산과 탄천 산책하기, 자전거 타기, 러닝머신, 골프 등을 하고 있다. 정서적 활동으로는 앞마당에 목련, 장미, 분꽃, 채송화, 개나리, 철쭉 등을 키우는 것과 동시에 배추, 알타리, 겨자, 상추, 부추, 파 등 유기농 채소를 심어 먹으며 도시 속 전원생활을 즐기고 있다.

우리는 청소년 시절부터 자신의 위치보다 조금 더 높은 위치에 오른다는 실현 가능한 목표를 설정하고, 목표 성취를 위한 세밀한 계획과 빈틈없는 실천능력을 키워나가야 한다. "티끌 모아 태산"이란 말처럼 모든 일에 최선을 다하면서 아무리 작은 목표도 이루고 모으면 나중에 큰 성공으로 이어지게 되는 것이다. 이를 바탕으로 10년~20년 후에는 중년의 꿈을 이루고 30년~40년 후에는 노년의 꿈도 이룰 수 있는 것이다. 자신의 삶을 남부럽지 않고 진솔하며 행복하게 살면서 한 걸음 한 걸음 앞으로 전진해 나가다 보면 어느덧 자연의 품으로 돌아가야 하는 때가 다가온다.

처마 밑에 떨어지는 낙숫물이 바위를 뚫는 것처럼 모든 일을 포기하지 않고 지속적으로 노력을 한다면 초조, 절망, 좌절, 슬픔, 걱정, 상심, 아픔 등의 불쾌한 것들이 건강, 행운, 행복, 부자, 실현, 성공, 평안, 장수 등 유쾌한 것들로 자신도 모르는 사이 변해 가는 것이다. 우리는 유쾌하고 즐거운 모습을 매일 상상하며 자신의 작은 목표에 주눅 들지 말고 자신감을 가지고 현실을 받아들이는 생활양식을 실천하며 살아가야 한다고 나는 생각한다.

삶의 목표를 되새김하기

청소년들에게 "삶의 목표는 무엇인가?"라는 질문을 하면 대부분은 자기 분야에서 성공하여 현재보다 더 잘 사는 것이라고 대답한다. 그러나 백 살까지 산다고 할지라도 자기 분야에서 또는 국내에서 상위 10% 안에 들어가는 유명인사가 되어 성공하는 것 자체도 하늘의 별을 따는 것만큼 어렵다. 왜냐하면 우리가 원하는 자리와 재원은 한정되어 있기 때문이다. 또한 성공하기를 바라는 이상적인 마음만 앞서서 궂은일이나 어렵고 힘든 일은 거들떠보지도 않는 것이나 로또 등에 당첨되어 일확천금을 얻길 원하는 등 마술과 같은 요행만을 바라고 노력하려고 하지 않는 사람들이 많기 때문이라 생각한다.

우리 주변에서 성공한 사람들의 면면을 자세히 들여다보면 청년 시절의 실패와 좌절에 포기하지 않고 어려움과 힘든 난제들을 극복해 내겠다는 적극적이고 긍정적인 자세를 갖고 있다. 그리고 인내와 끈기로 치밀한 자기 관리를 지속적으로 해왔다는 것을 알 수 있다. 이들은 복잡한 것을 세분화시켜 단순하게 간소화시키는 스킬과 일의 중요도에 따라 우선순위를 정해 처리하는 훌륭한 습관이 몸에 정착되도록 하기 위해 평상시 많은 시간을 투자하고 꾸준히 노력해 왔다는 것이다. 과학, 기술, 경영, 예술, 문학, 예능, 체육 등 어떤 분야든 관계없이 성공한 사람들의 자서전을 보면 어려운 환경을 극복하고 유사한 길을 걸어 온 것을 알 수 있다.

자기 분야에서 성공하여 현재보다 더 잘 살기를 원한다면 청소년 시절부터 학교, 가족, 취미, 사회생활 등의 복잡한 관계를 자신의 정체성을 바탕으로 자기 스타일로 정립해 나가면서 주변 정리와 시간 분배를 잘하는 훈련을 열심히 해야 한다. 특히, 21C 밀레니엄 시대 전후로 태어나서 경제적·육체적으로 부족함과 결핍 없이 자라온 20~30대들은 부모들이 헝그리 정신을 갖고 절실하게 살아 온 자세를 다시 한번 되새겨 보는 것이 바람직한 생활 태도라고 본다.

삶의 목표와 방향을 설정할 때는 타인의 이목에 신경 쓰지 말고 내가 이루고 싶은 수많은 꿈과 희망 중에서 자신의 현실 속에서 실현 가능한 것을 선택해야 한다. 그리고 목표를 이루기 위해 힘과 열정을 집중하는 것이 중요하다. 그 후 심사숙고하여 설정한 목표를 하루에 10번 이상 수시로 되새겨 보면서 목표에 대한 의지가 느슨해지지 않도록 자신에게 주문하고 또 주문해야 하는 것이다. 작심삼일로 끝나지 않도록 자신을 매섭게 다그쳐야 목표를 성취할 수 있다. 목표에 도달하는 길이 지금은 힘들고 멀리 있는 것처럼 보이지만, 목표에 이르는 복잡한 길을 단순하고 간편하게 보이도록 잘게 쪼개고 행동으로 차근차근 옮기면 훨씬 수월해진다. 그 결과 언젠가는 꿈을 이루게 된다.

이런 길을 찾기 위해서는 선인들이 제시한 경험과 방법을 다룬 책을 자주 보고 가까운 지인의 조언을 귀담아들으며 그들의 가르침을 배우고 익혀 행동으로 옮겨 나가야 한다. 그러면 수시로 나타나는 난관과 고비를 지혜롭게 이겨나갈 방법을 찾을 수 있고, 자신의 가치를 발전시키고 있는 모습에 기쁨을 느낄 수 있다. 그 결과 미래의 행복하고 즐거운 삶을 상상할 수 있는 것이다. 힘들 때는 "나는 할 수 있다."라는 자신감과 자신의 영혼을 믿고 힘껏 노력하며 조금 더 참고 이겨내야 한다. 머지않아 목표에 도달할 수 있다는 확고한 신념과 확신을 가진 채 정상에서 기쁨과 행복을 맘껏 누리고 있는 자신의 모습을 그려 보는 것도 좋다. 또한 간간히 휴식을 통해 자신을 되돌아보는 시간을 가져서 자만에 빠지지 않도록 스스로를 다잡아야 한다. 이후 실현 가능한 제2, 제3의 목표를 다시 설정하여 시간과 생활공간, 인적 네트워크를 새롭게 구축함으로써 타인의 모범이 되도록 열심히 살아간다면, 평범하고 소박한 꿈과 희망을 반드시 이룰 수 있다고 믿는다.

삶의 목표 설정		

꿈 너머 꿈꾸기
꿈과 희망 재 설정

청년 시기	중년 시기	노년 시기
무한한 꿈과 희망 설계	사회·경제적 안정권 확보	성숙하고 평화로운 마무리
▫ 자신의 위치와 상태 파악	▫ 결혼과 부부, 가족관계 확립	▫ 노후 맞이와 소일거리 창조
▫ 실현가능한 꿈과 희망 설정	▫ 가정교육과 경제적 자립심 배양	▫ 아름답고 성숙한 어른되기
▫ 올바른 직업 선택	▫ 자아 성장발전 및 노후대책 수립	▫ 조화롭고 평화로운 삶

스스로 칭찬하며 자신의 길을 뚜벅뚜벅 걷자

주변 사람들이 나를 인정해 주지 않는다고, 또는 도와주지 않는다고 두려워할 것 없다. 자신이 스스로에게 인정받을 만한 일을 성취해 나가고 있는지 자신의 마음에 물어보면 되는 것이다. 만약 내 주변 여건에 맞게 자신의 목표를 달성했다면 스스로를 칭찬해 주는 것에 인색해서는 안 된다. 필요하다면 좋은 옷을 산다거나 여행을 떠나 목표 성취에 대한 작은 보상을 해주는 것이다.

우리는 누군가에게 추앙받고 싶고 주목받고 싶으며 인정받고 싶은 욕구가 있다. 매슬로(maslow)의 욕구 단계 이론에 의하면 가장 아래 단계의 욕구인 '생리적·안전의 욕구'가 채워져야 '소속

과 애정·존경 욕구'를 지나 '심미적·자아실현의 욕구'로 발전해 나
갈 수 있다고 한다. 그래서 최근에는 페이스북 등 SNS를 통해 글
이나 사진을 올려놓고 타인으로부터 '좋아요'나 긍정적인 댓글을
기대하거나 인정받으려고 촉각을 기울인다.

하지만 나는 이런 것에 너무 관심을 갖는 것은 그리 좋지 않다
고 본다. 왜냐하면 자신이 심사숙고하여 결정, 게재한 일이 타인
의 이목에 따라 뜻하지 않은 곳으로 흘러갈 수 있기 때문이다.
이럴 땐 타인에게 피해와 불편, 부담을 주지 않는 범위 내에서라
면 주변 사람들의 의견에 휘말리지 말고 자신의 의지에 따라 결
정한 것을 꾸준히 실천해 나가는 것이 바람직하다.

그러니 주변 사람들이 나를 인정해 주지 않는다고 너무 고민하
지 말고 자신의 마음에 스스로 물어보라. 양심과 일반상식의 범
위에서 벗어나지 않는 중도의 길을 걸어가는 것이 진정한 참된
삶인 것이다.

대부분의 사람은 자신이 남을 도와주었을 때, 도움을 받았던
사람으로부터 언젠가 되돌려 받을 수 있을 것이라는 마음을 너
나 나나 할 것 없이 가지고 있다. 공짜 밥이 없다는 말이 있지 않
은가? 아리스토텔레스가 말한 것처럼 인간은 필연적으로 타인과
의 관계 속에 사회가 형성되어 상호 영향을 받으며 살아가는 사
회적 동물이기 때문에 사회 조직 내에서 상부상조하며 살아가는
것은 당연하다고 생각한다. 그래서 도움을 받았던 사람들의 마

음에는 항상 부담이 남아 있게 되고, 그 때문에 불편할 때가 생긴다.

　주변 여건상 타인의 도움을 받아야 하는 특별한 상황이 아니라면 모든 일을 자기 스스로 해결해 나가겠다는 마음가짐과 독립심을 키워나가야 타인으로부터 자유로울 수 있다. 그래야만 타인의 도움으로 인한 마음속 부담도 줄어들어 자신의 의지에 따라 원하는 일을 자유롭게 추진할 수 있다.

　우리는 혼자만의 시간을 두려워하지 말고 혼자만의 시간을 만들어 성찰과 성장의 동력으로 삼고 자신의 길을 뚜벅뚜벅 똑바로 걸어가야 한다. 외로움과 고독은 나만의 시간을 가질 수 있게 해주고 내 마음에 귀를 기울일 수 있는 절호의 기회이기 때문이다. 가능한 혼자만의 시간을 많이 만들어 나 자신을 사랑하고 자신의 존재를 믿으며 사고의 폭을 넓혀 나가야 한다.

　위와 같은 이유로 남들이 하니 나도 해야겠다느니, 남들이 가지고 있으니 나도 가져야 한다느니 하는 줏대 없는 행동은 이제 멈추는 것이 좋다. 자신의 자유의지에 따라 스스로에게 인정받을 만한 목표를 성취해 나가고 있는지 자신의 마음에 물어보고 매일 새로운 마음으로 주변을 개선해 나가면서 살아가야 하는 것이다. 그래서 내 주변 여건에 맞게 목표를 설정하고 그 목표를 달성했다면 스스로에게 많은 칭찬을 해주고 작은 보상이라도 자주 해주어야 한다. 그리고 그렇게 사는 것이 올바르고 즐겁고 행복한 삶을 사는 바람직한 생활양식이라고 나는 생각한다.

좋은 말씀 100가지 중 1가지라도 실천하자

오늘날은 인터넷의 발달로 세계 어느 곳에서도 휴대폰, 컴퓨터 등을 통해 일반 상식은 물론 전문 지식까지 쉽고 빠르게 검색할 수 있어 각 분야의 전문가 못지않은 많은 지식을 쉽게 알아낼 수 있다. 그러나 아는 것을 이해하고 행동으로 옮겨 자신의 삶을 개선해 나가는데 활용하고 있는지 여부는 별개의 문제이다. 아는 것을 자신의 일상생활 속에서 행동으로 실천하지 못한다면 어떤 지식을 외우고 있는 것에 불과하며, 그 지식은 공허하고 메마른 지식이 되고 만다. 즉 한 가지의 지식일지라도 자기 사유와 체험을 통해 완전히 자기 것으로 만드는 지혜가 절실히 필요한 것이다. 일상생활 속에서 자기 사유와 체험을 통해 얻은 지식은 대지에 심어 놓은 씨앗과 같은 것이기 때문이다.

우리는 인터넷, TV, 잡지, 책 등 다양한 온·오프라인 경로를 통해 좋은 말씀이나 격언(格言) 등 수많은 정보와 지식을 얻는다. 이런 수많은 정보와 지식이 오히려 사람의 행동을 이기적으로 이끌어가 자신도 모르는 사이에 평범하고 올바른 인간이기를 포기하게 만드는 사태가 종종 발생한다. 그 결과 한 개인의 주변 관계를 불안정하게 만들고 혼란스럽게 만들어 허우적거리며 살아가는 경우도 적지 않은 것이다.

많은 것을 배워 올바르게 활용하지 못할 바에야 적은 양의 지식을 배워 분수를 지키는 것이 낫다. 그 적은 지식을 행복하고 즐거우며 참다운 삶을 살아가는데 적절히 활용하고 인간적 도리를 다하는 것이 오히려 평화롭고 아름답다고 나는 생각한다.

최근에 내가 아는 지식을 실천으로 옮긴 작은 일 하나를 소개한다. 60대 초반의 나이에 노후를 즐겁고 풍요롭게 소일하기 위해 70대에서 80대가 주축을 이루고 있는 노인 복지관의 평생교육 프로그램을 신청하여 다니는 것이다. 조금은 이른 나이이지만 내 삶을 아름답고 가치 있게 보내기 위한 과정이라 생각하고 주위 사람들의 눈치를 보지 않고 실천으로 옮기기로 했다.

이와 같이 자신이 올바른 방향이라 생각이 들면 타인의 이목을 과감히 무시하고 행동으로 옮기는 습관을 청소년 시기부터 만들어 두는 것이 바람직하다. 그러면 직장과 가정을 지켜야 하는 중년 시기에도 자신이 하고 싶은 일이나 레저 등의 취미 활동을 자기 스스로 결정하여 실천으로 옮기는데 어려움이 줄어든다.

짧은 지식 하나를 알고 열을 이해하며 올바른 행동으로 보여주는 것이 백번 좋다. 결국 여러 매체를 통해 얻은 선인들의 격언 100가지 중 1가지라도 내 주변 환경과 내 분수에 맞게 조절하여 올바른 삶으로 인도하는 아름다운 가치로 만들어 가는 것이 올바른 생활 태도인 것이다. 우리 몸에 맞게 받아들이고 가치 있는 행동으로 옮길 수 있는 지혜를 갖추는 것이 공동체 사회에서는 더욱 필요하기 때문이다.

성공한 사람들은 아는 지식을 다양하게 조합 또는 통합하여 실천하는 능력을 청소년 시기부터 습관화해왔기 때문에 성공하는 것이다.

반면에 성공하지 못한 사람들은 아는 지식이 많거나 방법을 잘 알고 있으면서도 게으르고 자만하여 실천으로 옮기지 않는다. 그리고 허공에 대고 말만 많이 하거나 자기 과시용 지식으로만 활용해 성공하지 못하는 것이다. 성공하고 싶다면 아는 지식을 머릿속에 남겨 두거나 말만 많이 하지 말아야 한다. 자신의 주변 환경과 분수에 맞게 적절히 조절하고 활용하여 한 가지라도 지속적으로 실천하는 습관을 몸에 익히도록 끊임없이 노력해야 하는 것이다. 또한 성공하기 위한 목표가 삶의 전부가 되어 성공의 노예가 되지 않도록, 성공 뒤에 오는 공허함을 감당해 낼 수 있도록 하는 관리 자세도 배워 두는 것이 필요하다. 평범하고 진솔한 삶이란 성공이냐 실패이냐가 아니라, 내게 주어진 환경을 꾸준히 개선해 나가며 내가 바라는 대로 타인에게 피해와 부담을 주지 않으면서 삶을 이끌어 가는 성실한 마음가짐에 있는 것이다.

자신의 목표를 성취해 나가는 과정에서 가장 큰 도전 과제는 실행력이라고 본다. 아무리 좋은 조언이나 책을 통해 습득한 지식일지라도 실천으로 옮기지 못하면 계획한 목표는 물거품이 되고 만다. 성공한 사람들의 경험담이나 선인들의 격언은 우리의 삶을 인도하는 아름답고 가치 있는 것이지만, 이것을 실행으로 옮겨 주변 환경에 맞게 내 것으로 만들지 않으면 안 된다.

"백각이불여일행(百覺而不如一行)"이라는 말이 있다. 백 번 깨우치는 것보다 한 번 행하는 것이 낫다는 이야기이다. 다시 말하자면 많은 지식을 가진 채 실천하지 않는 것보다, 적지만 올바른 지식 한 가지라도 실천하는 것이 좋다는 것이다. 이렇게 실천한 행동이 자신의 몸에 맞게 습관화되도록 하는 것이 바람직한 생활 태도라고 본다.

포기하지 말고 일일신우일신(日日新又日新) 하자

평범하고 소박한 삶을 진솔하고 올바르게 살아간다는 것은 온갖 고난과 역경을 자기 스스로 이겨 나가야 한다는 것이다. 카멜레온은 빛의 강약과 온도·감정의 변화 등에 따라 몸의 빛깔을 주변 환경에 맞춰 바꿔 가면서 살아간다. 인간도 야생의 동·식물과 같이 현지 생활에 잘 적응해 나가는 자만이 최종적으로 살아남는다. 따라서 우리도 과거에 얽매이지 말고 현실에 맞춰 자신의 처지를 수시로 개선해가며 살아야 예전보다 나은 생활을 할 수 있다. 그렇지 않으면 과거의 좋은 환경과 역사 속에 생각이 갇혀 있거나 집착하게 되어 현 위치에서 한 발짝도 발전해 나갈 수 없게 된다. 결국에는 이전의 상태 그대로 멈춰버리거나 더 나쁜 환경으로 추락하게 되는 것이다. 왜냐하면 인간도 주변 여건에 따라 강자와 약자의 위치가 변하며, 강한 자가 온갖 전략을 세워 무력과 권력 또는 정신적으로 약한 자를 점령하고 구속하면서 자신의 영역을 확대해 나가기 때문이다.

인류 역사는 종교와 이념 전쟁 등으로 얼룩져 있고, 강한 자가 약한 자를 힘으로 침략하고 착취하는 등 약자의 자유를 억압해 온 것이 사실이다. 우리도 오래전에는 한국의 문화를 일본에 전수해 주는 역할을 하였으나, 일본이 강해지면서 일본의 무력에 의해 우리 영토가 점령되어 식민 통치를 받고 그들이 자행한 민족 말살 정책에 시달렸던 적이 있다. 아프리카와 아메리카 원주민들은 총·균·쇠(무기·병균·금속)를 먼저 개발한 유럽인에 의해 무력으로 점령당해 식민지로 전락하였고, 인종 말살을 비롯해 노예로 팔려나가는 수모와 고통을 겪었다.

이런 현상은 지금도 이어지고 있다. 강한 국가가 약한 국가를 무력 또는 정치적으로 지배하면서 침략과 착취, 억압을 일삼으며 세계를 이끌어가고 있는 것이다.

우리나라는 선진국과 같이 지하자원이 풍부하고 경제력이 좋은 환경이 아니다. 하지만 온 국민이 현실을 빠르게 인식하고 불굴의 의지와 끈기, 인내를 바탕으로 밤낮과 장소를 가리지 않은 채 열심히 일해 왔다. 더불어 단일민족이라는 자긍심과 정체성도 잃지 않고 대한민국을 꿋꿋이 지키며 살아왔다. 그 결국 최빈민국(67$, 1953년)에서 해방 이후 약 70년 만에 국민소득 33,434$(2018년)를 넘겨 세계 11위의 경제 대국으로 성장해 근세기 가장 빨리 세계경제개발기구(OECD)에 가입한 나라(1996년)가 되었다.

한 국가 안에서 평범하고 소박한 사람으로서 즐겁고 행복하게 살아간다는 것은 잘났든 못났든, 부자든 가난하든, 머리가 좋든 나쁘든 관계없이 한 울타리 안에서 일어나는 무한 경쟁을 이겨내야 한다는 뜻이다. 무한 경쟁을 이겨낸 자는 이겨내지 못한 자와 달리 평화와 자유를 유지하며 훨씬 더 즐겁고 평온한 삶을 살 수 있다. 작은 사회에서 시작해 단체로, 국가로, 세계로 끊임없이 이어지는 약육강식(弱肉强食)은 과거에 행해져 왔던 것처럼 현재를 거쳐 미래에도 계속 이어질 것이라는 사실을 우리는 명심해야 한다.

우리의 처지에 따라 음과 양이 서로 뒤바뀌는 경우가 많다. 자연도 계절에 따라 편할 때와 불편할 때가 바뀌는데 우리의 삶인들 어찌 아니 그렇겠는가? 예를 들어 한겨울에 아이젠을 차고 오솔길을 걷다 보면 낙엽이 쌓인 길이 눈이 내려 살짝 얼은 평평하고 딱딱한 길보다 걷기가 편하다. 왜냐하면 낙엽이 완충재 역할을 해주기 때문이다. 겨울이 지나 봄이 오면 겨울에는 불편하던 평평하고 딱딱한 길이 다시 내 몸에 편하게 바뀌는 것이다. 내삶 역시 고정되어 있지 않고 수시로 변해간다.

우리는 모두 아름답고 행복한 삶을 살아가기 위해 온갖 노력을 다하며 살아가고 있다. 아무리 어렵고 힘든 상황일지라도 포기하기보다는 현실을 빠르게 인식하고 불굴의 의지와 끈기, 인내를 가지고 고난과 역경을 이겨 나가는 것이 올바른 생활양식이라 생각한다. 비록 유명 인사나 부자가 되지 못하고 세상을 뒤바꿔 놓을 만큼 큰 성공을 하지 못하더라도, 지금 내가 존재하고 있기 때문에 내 삶은 그 자체로 아름답고 가치가 있다. 살아 있는 존재로서의 가치 그 자체로 인해 삶의 보람을 느끼며 살아가는 것이다. 오늘보다 좀 더 나은 내일을 위해 조금씩 나아지고 있는 새로운 나를 바라보며 매일 새로운 마음으로 사는 것이 바람직한 생활 태도가 아니겠는가? 그래서 조금씩 나아지는 내 모습을 보면서 살아 숨 쉬고 있는 지금 이 순간에 만족하며 행복과 기쁨을 느끼고 살아가는 것이다.

유명한 발명가 토머스 에디슨은 전구를 발명하기까지 무려

6,000번의 실험 동안 실패를 거듭한 뒤에야 성공했다. 에디슨은 완벽한 전구를 발명하기 위해 거친 수많은 실험과 그 실험을 통해 얻은 실패가 매번 수천 가지의 새로운 전구를 발견한 것과 같다는 생각을 가졌던 것이다. 그러면서 그는 "인생에서 실패한 사람 중 다수는 성공을 목전에 두었음을 모른 채 포기한 사람이다."라고 말했다.

거듭된 실패도 내 꿈을 향해 한 단계씩 전진해 나가는 과정이라 생각하는 사람이 있는가 하면 실패를 거듭하면 내 꿈이 무산된 것이라 생각하는 사람이 있다. 이들이 각자의 삶을 대하는 마음가짐에는 상당한 차이가 있다.

아무리 어려운 환경 속에서도 살아남아야겠다 결심한 사람은 무너진 건물 속에서도 1주일, 길게는 2주일까지 물만 먹으면서 살아남는다고 한다. 그러니 실패를 거듭하여 절망에 빠질 것 같더라도 실망하거나 포기하지 말고 먼 훗날 인생 역전의 기회가 내게 찾아올 것이라는 실낱같은 희망을 가져야 한다. 그리고 스스로 "나는 할 수 있다."라는 주문을 걸며 살아가는 것이 올바른 마음가짐일 것이다.

꿈과 희망은 우리가 존재하고 있는 한 결코 도망가지 않는다. 쓰러지지 않고 위기를 극복해서 얻은 인생 역전 드라마는 정말 멋지고 매력적이다. 또한 꿀맛 같은 기쁨을 우리에게 가져다준다. 그렇기 때문에 오늘도 묵묵히 실패를 두려워하거나 포기하지 말고 열심히 노력하며 일일신우일신(日日新又日新) 하고 살아가는 것이다. 이것이 올바르고 참다운 삶을 대하는 바람직한 생활양식이라고 나는 생각한다.

3장
확실한 신념과 정신자세 확립

낙천적이고 긍정적인 정신 자세 갖기

현실적으로 지금 상태를 벗어나기 힘들고 어려운 고난이나 난 관이 닥쳤을 때, 긍정적이고 낙천적인 태도를 가진 사람이 부정 적이고 비관적인 태도를 가진 사람보다 어렵고 힘든 상황을 이 겨낼 가능성이 훨씬 크다. 내게 닥친 모든 사건을 건전한 정신을 갖춘 채 있는 그대로 받아들이겠다는 자세로 현실을 인정하면서 몸을 맡기고, 늘 인내하며 성실하게 생활한다면 적극적이고 긍정 적인 사고를 가진 사람 쪽으로 희망의 빛줄기가 나타난다.

부처가 임종할 때 제자들에게 "모든 것이 덧없다(諸行無常)."라 고 말씀하셨다. 이는 모든 것은 고정된 것이 없고 시간이 흘러 가면서 계속 변한다는 것이다. 즉 변화하지 않는 것은 죽은 것이나 다름없다는 말씀이다. 그러므로 고난과 역경도 언젠가는 사라진다는 자세로 대응하고 꿈과 희망을 지닌 채 편안한 마음으로 생활하는 것이 좋다. 그러면 힘들고 고된 인생은 사라지고 꿈과 희망을 품은 밝은 빛줄기가 내일을 기약하는 내게 다가오는 것이다.

산다는 것은 시련과 역경을 감내해 내는 것이고, 이런 시련과 역경 속에서 살아남기 위해서는 삶의 의미를 찾아 자신에게 끊임없이 동기를 부여해나가야만 한다. 즉 모든 사건과 현상은 영구적이지 않고 고정되어 있지 않다는 것을 인정하게 되면, 시간이 흘러감에 따라 어둡고 어려운 환경은 밝고 편안한 환경으로 자연스럽게 변할 수 있다는 기대와 희망을 갖고 살아가는 것이 바람직한 생활 태도인 것이다.

사회적으로 빈부격차가 날로 심해지고 양극화 현상이 두드러지게 나타나서 빈곤층에서 중류층으로, 중류층에서 상류층으로 신분을 상승시키기가 하늘의 별을 따는 것만큼 어렵고 힘들다. 우리나라가 2017년 기준으로 1인당 국민소득이 3만 불, 인구 5천만이 넘은 국가인 30-50클럽에 접근했다고는 하지만, 이는 "평균치"이지 모든 국민의 생활 수준이 질적으로 골고루 향상되었다는 것은 아니다. 여전히 잘 사는 사람들은 많은 돈을 가지고 부족함을 모른 채 잘살고 있다. 반면에 하루하루 힘겹게 끼니를 겪정하며 일터를 찾아 전전긍긍하는 사람들은 희망을 느끼기 어려울 정도로 궁핍한 생활을 몸소 겪으며 근근이 살아가고 있다.

정부는 2017년 현재 중류층이 약 50%에 머물러 있는 것을 60% 이상으로 올려 소득점유 분포율을 바로 잡고 빈부격차로 인한 양극화 현상을 줄이기 위해 적극적으로 정책을 개발해 나가고 있다.

그러나 힘든 여건 속에 있는 청년들은 정부 정책에만 기대거나 바라는 소극적이고 부정적인 자세를 가져선 안 된다. 스스로 낙천적이고 긍정적인 마음가짐으로 어렵고 힘든 현실을 극복해 나가겠다는 강한 의지를 갖춰야 한다. 그리고 그 마음가짐을 실천해 생활하는 것이 바람직한 생활양식인 것이다.

능동적인 삶을 살자

자신이 하고 싶은 것, 도전해 보고 싶은 것, 배우고 싶은 것을 주도적으로 찾고 선택해서 실천하기보다, 주변의 압력 또는 권유에 의해 억지로 또는 마지못해 행동으로 옮기는 경우가 평범한 사람들에게 많이 있다. 공부하고, 놀고, 취미 생활하고, 또한 도전하고 싶은 모든 일을 스스로 선택하고 실천하는 사람은 능동적인 삶을 사는 사람이고, 부모·선생님·친구·지인 등 타인의 압력이나 권유에 의해 마지못해 실천하는 사람은 수동적인 삶을 사는 사람이다.

부모·형제 또는 지인의 의견을 잘 간추려 타인에게 불편을 주거나 피해를 주지 않는 범위 내에서 올바른 자신의 길을 선택·결정하여 찾아가는 사람은 삶을 능동적으로 살아가는 것이다. 그러나 이도 저도 아니고 갈팡질팡하면서 "일이 바빠서.", "시간이 없어서." 등의 핑계 대면서 "나는 이래서, 저래서 못해."라며 당장 앞에 놓인 올바른 조언조차 선택·결정하지 못해 삶의 좋은 기회를 놓쳐 버리는 사람들이 의외로 많이 있어 안타까운 것이다. 좋은 기회를 놓치는 것은 평상시 자신의 삶의 목표와 능동적이고 적극적인 삶에 대한 확신을 갖지 않고 생활해온 습관 때문이 아닌가 생각한다. 이들은 5년 또는 10년이 지나도 같은 말을 반복하는 습관을 가지고 있어 "그때 이럴걸. 저럴걸." 하고 뒤늦게 "걸! 걸!" 하며 후회하는 삶을 사는 것이다. 후회하는 시점은 보통 에너지가 넘쳐나는 청소년 시절은 다 지나가고 힘 빠지고 노화가 많이 진행된 뒤라, 꽃다운 인생으로 되돌릴 수 없게 되는 것이다.

우리는 평상시 자신의 길을 스스로, 능동적으로 결정하고 책임을 지겠다는 자신감을 갖고 부단히 노력하는 생활 태도를 가져야 한다. 즉 타인의 권유와 압력에 의해서가 아니라, 자신의 내면에서 우러나는 올바르고 즐거우며 참다운 길을 찾아내는 훈련을 청소년 시절부터 시작하는 것이 바람직하다는 것이다.

청소년 시기에 최소한 주간, 월간, 연간, 길게는 중년, 노년 단위로 삶의 목표를 설정하고 이를 어떻게 실행으로 옮겨 목표를 달성할 것인지에 대한 세부 실천 계획을 수립하는 것이 좋다. 중·고등학생 시절에 높은 꿈과 희망을 품고, 능동적이고 적극적인 자세로 열정을 가진 채 노력을 게을리하지 않는다면 밝은 미래는 반드시 열릴 것이다. 그러면 어렵고 힘든 고통과 고난은 지나가고 좋은 직업과 직장을 얻어 안정적인 중년을 맞이할 수 있다. 더불어 일상생활 속에서 근검절약하며 산다면 노후에는 여유롭고 평화로운 마무리를 할 수 있어 인생의 황혼기를 즐길 수 있는 것이다.

반면에 삶의 목표가 없거나 자신이 설정한 목표를 지속적으로 실천하고자 하는 의지가 없으면 자신의 꿈과 희망을 포기하는 것과 같다. 이들은 자신의 삶이 무엇을 원하는지, 어디로 흘러가는지조차도 모르기 때문에 남이 하는 것을 단순히 따라 하게 되고, 남이 시키면 시키는 대로 행동하게 되는 수동적인 사람이 된다. 결국 이들의 노후는 아름답고 풍요로운 삶보다 힘들고 어려운 일을 계속하는 삶이 기다리게 되며, 결국 구차한 생활 여건 속에 어렵게 살아가야 한다.

그러므로 자신의 삶을 수동적으로 이끌려가며 살아갈 것인가, 아니면 능동적으로 자신의 자유를 만끽하고 즐겁고 평화롭게 아름다운 마무리를 준비하며 살아갈 것인가를 청소년 시기부터 많이 생각하고 고민해야 한다. 이런 삶의 방향을 결정하는 생활 습관을 평상시 몸에 익혀두는 것이 바람직한 생활양식이라고 나는 생각한다.

노력 결과에 대한 확실한 신념과 자신감을 갖자

자신이 노력한 만큼의 결과물은 내게 항상 돌아온다는 확실한 신념과 자신감을 가지고 평소 생활해야 한다. 열과 성을 다해 노력하였음에도 불구하고 결과물이 실패한 것으로 나왔다 하더라도 실망하거나 포기해서는 안 된다. 실패는 곧 성공하기 위한 일보 전진으로, 자신의 목표에 한 걸음 더 앞으로 다가가는 길잡이 역할을 한 것이기 때문이다.

반대로 성공은 자신에 대한 신뢰와 자신감을 부여해 주기 때문에 좋다. 결국 실패는 실패대로, 성공은 성공대로 우리에게 전달하는 특별한 메시지가 있다. 자신의 노력의 결과물을 어떻게 받아들이느냐에 따라 삶의 진로에 상당한 영향을 미친다는 것을 빨리 깨우쳐야 하는 것이다.

명문 대학을 나오지 못했거나 대학의 문턱에도 가보지 못했다고 해도 자신의 현 위치에 맞는 일을 선택하여 꿈과 희망을 키워 나가고 열과 성을 다해 지속적으로 노력해 나가는 중이라면 조금씩 성장해 가고 있는 자신의 모습을 볼 수 있을 것이다. 노력한 만큼 자신이 성장해 가고 있는 모습을 보면 얼마나 즐겁고 행복하겠는가? 또한 이보다 기쁜 일이 어디 있겠는가? 이런 작은 기쁨과 행복이 평범하고 소박한 사람에게는 진정한 성공의 모범적인 사례가 되는 것이다. 타인이 볼 때는 더럽고 힘들고 위험한 일이지만, 자신은 이 일에서 내일의 희망과 꿈을 꾸면서 지금의 고통과 고난을 참고 이겨내고 있는 것이기 때문에 더욱 그렇다. 그래서 매일 배우고 실천하면서 더 나은 삶을 살기 위한 방법을 찾고, 3D업종에서 일하는 것도 이겨내는 것이다. 삶의 쓴맛을 느낀 사람이 삶의 달콤한 맛을 더욱 잘 느끼듯이, 언젠가는 이것이 내 삶의 기본 바탕이 되어 작은 꿈과 희망을 일궈내게 된다. 그리고 꾸준히 성장·발전해 가고 있는 자신의 모습을 보고 삶의 보람과 희열, 감격을 느낄 수 있는 것이다. 이런 꿈과 희망이 유명한 위인들이 갖고 있는 큰 꿈과 희망에는 훨씬 못 미칠지라도, 내 수준에 맞게 설정한 목표가 노력한 만큼 성장해 가고 있는 자신의 모습을 보면서 미래에 대한 꿈과 희망을 가지는 것이다.

　나는 내 꿈과 희망을 타인의 꿈과 희망과 비교하지 않고 나 자신의 수준에 맞는 목표를 설정하였다. 그리고 내 목표의 결과물에 대한 확실한 신념과 자신감을 가지고 꾸준히 인내하고 노력해 오면서 나를 매일 변화시켜 왔다. 즉 내게 주어진 여건 속에서 타인의 이목과 눈치를 보지 않고 실현 가능한 작은 꿈과 희망을 설정하고 이를 위해 끊임없이 실천해 온 것이다. 물론 지금도 지속적으로 실행하고 있다. 이런 노력은 내게 어린 시절부터 잠재되어 있던 열등감 해소에 많은 도움이 되었으며, 목표를 성취함으로 인해 자부심과 자긍심을 가지는 계기가 되었다고 생각한다.

어떤 연구 결과에 의하면 자신의 과거 성취와 능력에 대한 긍정적인 기억을 구체적인 윤곽으로 그리는 것이 자신감을 형성하는 것의 일익을 담당한다고 한다. 스스로가 과거에 영리하고 희망차고 자신감 있는 사람이었다는 것을 인정하기 시작한다면 자신은 훌륭한 사람이고 다시 한번 훌륭한 일을 해낼 수 있다는 생각을 받아들이기 수월하다.

그러므로 작은 목표를 성취한 사소한 일도 기억해 내서 스스로에게 최면을 거는 것이다. 예를 들면 게임, 운동, 공부, 취미, 자격증 획득, 대학 합격, 취업, 나 홀로 여행하기, 맛있는 요리법 습득, 봉사활동 등등. 자신이 스스로 선택하고 결정해서 성취한 일들은 무수히 많을 것이다. 비록 이런 사소한 성취물이 큰 성공을 한 사람들에게는 하찮은 것으로 보일지라도, 스스로 선택하고 결정하여 열과 성을 다해 얻은 소중한 것들이기에 자신에게는 매우 중요하다는 인식을 갖는 것이 바람직한 생활양식이라는 것이다. 왜냐하면 이것은 자신의 목표에 대한 결과물이 실패든 성공이든 간에 내게 긍정적인 동기를 부여하고 노력에 대한 확실한 신념과 자신감을 가져다주기 때문이다.

무엇보다도 작은 성취가 큰 성취로 이어진다는 진리를 잊지 않는 것이 매우 중요하다. 그리고 설정한 목표를 이루겠다고 결심하고 굳은 의지로 시작했다면 중간에 실수와 실패가 있더라도 포기하지 말고 초심을 유지한 채 목표를 향해 끝까지 전진해 나가야 한다. 이런 마음가짐과 실천력을 학창 시절부터 조금씩 키워나가 자신의 몸에 습관화되도록 노력하는 것이 바람직한 생활태도라고 본다.

성공과 실패는 모두 내 탓으로 돌리자

발전적이고 성공한 사람들은 "실패는 성공을 위한 기반을 닦은 것이다."라고 생각하여 실패를 작은 성공으로 간주한다. 반면에 발전적이지 못하고 실패한 사람들은 실패를 남 탓으로 돌리는 경우가 많다.

우리가 남 탓 하는 경우를 찾아보면 무수히 많다. 예를 들면 자라면서 형제들과 다투다가 부모에게 혼날 때 서로 상대편이 잘 못해서 그랬다고 한다. 이런 것이 누적되어 학교에서 친구들과 분쟁이 생겼을 때도 선생님에게 서로 상대편이 잘못한 것이라고 주장하며 다툰다. 대학교에 진학할 때도 자신이 열과 성을 다해 공부하지 않은 것은 반성하지 않고 학교 수업 분위기가 좋지 않아서, 또는 학원에 다니지 못해서 등등의 핑계를 댄다. 취업할 때도 일자리가 없어서, 또는 내 이상에 맞지 않아서, 힘들고 더럽고 어려운 일만 있어서 직장을 찾지 못한다고 한다.

이 밖에도 연인 간 불화, 부자간의 말싸움, 직장 조직 내의 업무 분쟁, 이웃 간 다툼, 승진 문제 등 많은 분쟁이 생길 때마다 자신의 잘못을 반성하기보다 남의 잘못을 들추어내면서 남 탓으로 돌리는 경우가 많다.

어릴 때부터 자신의 잘못을 먼저 돌아보고 타인의 잘못을 따져 보는 습관이 되어 있지 않아서 그런 것이다. 이런 잘못된 사고 습관은 자라면서 여러 형태로 나타나고, 그럴 때마다 자신의 생활방식에 조금씩 고착되어 이내 습관이 된다. 어른이 되어서도 잘못된 사고 습관은 쉽게 바뀌지 않는다. 즉 내로남불 "내가 하면 로맨스이고 남이 하면 불륜."이라는 사고방식과 아시타비(我是他比) "나는 옳고 다른 이는 그르다."라는 사고방식을 갖게 되는 것이다. 어떤 문제가 똑같은 상황에서 발생했더라도 자신이 문제를 만들었을 때는 자신에게 유리한 방향으로, 타인이 문제를 만들었을 때는 남에게 불리한 방향으로 판단하는 이중 잣대를 가진 사람으로 성장하게 되는 것이다.

자신이 처음 시도한 것이 실패하였다 할지라도 부모 탓이나 주변 환경 탓으로 돌리지 말고 내 탓이라 생각하면서 실패 원인을 면밀히 분석해 나가는 자세가 필요하다. 그리고 나 자신을 먼저 살펴보고 나서 외부 현상을 분석하는 습관을 들어야 한다. 왜냐하면 이것은 향후 사업이나 인생을 성공으로 인도하는 지름길이 되어 주기 때문이다. 자신의 목표가 아주 작은 것일지라도 자신이 계획한 일정을 현재 주변 상황에 맞춰 실천해 나가는 것이다. 실천하는 가운데 어려움이 닥치면 혼자 고민하지 말고 주변 사람의 조언과 도움을 받으며 자신감 있게 추진해 나가야 한다. 그럼에도 불구하고 실패했다면, 이 실패는 타인 때문이 아니고 내가 잘못했기 때문이라 생각해야 자신의 목표를 향해 일 보 전진해 나갈 수 있는 것이다.

반면에 성공하였을 때는 자만하거나 멈추지 말고 제2의 꿈, 제3의 꿈을 다시 세워 현재보다 더 나은 곳으로 끊임없이 도전해 나가야 한다. 나 자신의 능력을 자랑하기보다 주변 사람들의 격려와 도움에 감사하는 마음가짐을 갖는 미덕을 기르면서 자신을 향해 힘찬 박수를 보내는 것이다. 성공에 걸맞은 작은 선물, 예를 들면 영화 보기, 여행 가기, 평상시 사고 싶던 것 구매하기 등 스스로의 노력에 대한 보답하는 마음가짐을 갖는 것도 필요하다.

그러나 목표 달성 실패의 원인을 전부 내 탓으로 돌림으로써 나타나는 자괴감이나 자멸감에 빠지는 것은 반드시 경계해야 한다. 내가 어떤 일을 할 때 어떤 마음가짐을 가지고 어떻게 실천하며 접근해 나가느냐에 따라 성공과 실패가 결정되는 것이지, 타인에 의해 결정되는 것이 아니라는 것을 빨리 깨우치는 것이 중요하다.

원만한 인적 관계를 유지하자

최근에는 IT기술의 발달로 트위터·싸이월드·페이스북·카톡을 통해 다양한 분야의 인적 네트워크를 구축할 수 있다. 이것을 통해 친구·직장동료·전문가들과 폭넓게 친목을 도모하거나 엔터테인먼트 등으로 활용하는 것이다. 또한 각계각층이 보유한 전문적인 정보를 신규 사업 진출 또는 신기술 개발 등에 적절히 반영하여 창의적이고 생산적인 활동에 적극 활용하는 것도 바람직한 생활 태도라고 본다.

청년 시절에 맺은 원만한 교우관계는 사회에 진출하고 나서도 힘들고 어려운 일이 닥쳤을 때 스스럼없이 대화를 나눌 수 있는 상대로 남아 정신적·정서적으로 안정을 찾는데 매우 중요한 역할을 한다. 직장 내에서 구성된 팀원과 전문분야로 인해 맺어지는 인적 관계는 사업 목표를 달성하는데 많은 영향을 미치기도 한다. 그러므로 친구, 교우 또는 조직원과의 관계를 잘 이끌어가기 위해서는 개인 의사를 솔직하게 전달하여 서로 간의 신의를 확보해 나가도록 노력하는 것이 중요하다. 상대방을 이해하고 믿을 수 있는 환경을 조성해 나가고, 약속한 내용이 있다면 특별한 경우를 제외하고는 지켜야 한다.

모든 사람은 각자의 개성에 따라 장단점이 있으므로 가까운 친구 또는 지인에 대해 미리 "좋다, 나쁘다."라고 판단하지 말고 10년 또는 20년 후의 미래를 생각하며 자신을 먼저 되돌아보는 것이 좋다. 타인의 장점은 받아들이고 단점은 닮지 않도록 자신을 다스리는 자세를 내가 먼저 갖춰야 한다. 그래야만 자신이 당당하고 떳떳해지는 것이다.

진실하고 참다운 친구는 하루아침에 사귈 수 있는 것이 아니다. 오랜 시간 즐거움과 어려움을 함께 나누며 점차 믿음직한 친구가 되어 가는 것이다. 간혹 내게 물질적인 도움이나 정신적인 조언을 준다거나, 내 얘기를 잘 들어주면서 언제나 내 편이 되어 주는 친구는 어렵고 힘들 때 든든한 버팀목이 되어 줄 것이다. 청년을 넘어 중년, 중년을 넘어 노년으로 접어들수록 내가 원하든 원하지 않든 마음을 털어놓고 지낼 수 있는 진실하고 참다운 친구 또는 지인을 새롭게 사귀거나 만드는 것은 어려워진다. 따라서 가능하다면 분야별로 진정한 친구, 지인 10명 정도는 혈기 왕성한 젊은 시기에 만들어 놓는 것이 바람직한 생활양식이라 생각한다.

무료로 이용 가능한 도서를 잘 활용하자

책이 모든 일을 해결해 주는 것은 아니지만, 사람이 목표를 정할 때 도움을 준다. 사람을 올바른 길로 인도해 주는 길잡이 역할과 실천 방법을 알려주는 역할은 분명 책이 하고 있다고 나는 생각한다. 그러므로 항상 책을 접할 수 있도록 주변 환경을 꾸미고, 일상 속에 독서를 넣어 책 읽는 습관을 들이는 것이 좋다. 만화, 문학, 소설, 음식 및 여행 잡지, 스포츠, 음악, 에세이, 경제, 기술 전문 서적 등 가리지 말아야 하며, 시간을 갖고 휴식을 취하는 동안 책을 보는 습관을 들여야 하는 것이다. 간혹 자신이 평상시 가정·학업·직장·사회생활 중에 부딪히는 문제와 고민하고 있었던 것을 해결할 수 있는 아이디어를 우연치 않게 책에서 얻을 수 있기 때문이다. 결론만 말하자면, 평상시 궁금했던 것이나 복잡하고 난해한 문제를 훨씬 수월하게 해결할 수 있는 지혜와 지식을 책을 보는 것으로 배울 수 있다는 것이다.

어떤 문제에 대해 사색하거나 고민할 때, 스트레스 해소를 위해 정신적·육체적 휴식을 취할 때 등 특별한 시간을 제외한 자투리 시간에 책을 읽음으로써 내 삶의 방향과 실천 방법을 결정하는데 필요한 정보를 한 가지라도 입수하는 것이 좋다. 우리의 짧고 유한한 인생 시간표를 생각해 본다면 아무 생각도 없이 멍하니 앉아 있거나 습관적으로 인터넷 게임 또는 TV 오락 프로그램 등에 빠져 많은 시간을 보내는 것은 자신의 삶에 도움을 주는 것보다 피해를 주는 측면이 훨씬 많기 때문이다.

우리가 관심을 갖고 주변을 둘러보면 책을 쉽게 접할 수 있는 공간이 곳곳에 있다. 국·공립도서관, 지하철역, 서점, 주민센터, 공공기관 쉼터, 백화점, 하이마트 등은 책을 자유롭게, 그것도 무료로 접할 수 있는 곳이다. 따라서 책을 통해 삶의 길잡이를 찾아보겠다는 열정과 마음을 항상 가지고, 언제 어디서든지 무료로 책을 볼 수 있다는 것을 잊어서는 안 된다. 어렵고 힘든 환경 속에서 주변으로부터의 도움조차 받기 힘든 청소년들은 무료로 책을 가까이 할 수 있는 장소를 수시로 물색해 두는 것이 좋다. 왜냐하면 풍족하고 여유 있는 사람들보다 자신만의 서재를 갖추고 책을 볼 수 있는 여건이나 공간이 마련되어 있지 않기 때문이다.

자신의 삶에 대한 목표와 실천하는 방법 등은 자기 계발서 뿐만 아니라 다양한 장르의 책 속에 숨어 있다. 즐겁고 행복하게 살 수 있는 참되고 올바른 길을 찾아가는데 필요한 지혜와 지식을 타인의 도움 없이 얻을 수 있는 것이 바로 책이라고 생각한다. 그래서 나는 책을 가까이하고 싶은 독자들에게 여러 종류의 책을 무작위로 읽는 것을 권장하고 싶다. 그리함으로써 책을 읽는 과정 속에서 자신에게 필요한 분야의 책을 선정할 수 있는 능력을 키울 수 있고 삶의 지혜와 지식도 얻을 수 있기 때문이다. 더불어 자신에게 주어지는 자투리 시간을 효율적이고 여유롭게 활용할 수 있는 방법도 자연스럽게 배우고 습관화할 수 있는 것이다.

따라서 자신의 활동 반경 내에 무료로 이용 가능한 책을 적극적으로 활용하겠다는 마음가짐을 평상시 갖춰 놓는 것이 필요하다. 또한 하루하루가 벅차고 바쁜 일상생활이지만, 틈틈이 생기는 자투리 시간을 효율적으로 활용하기 위해서는 내 주변에 보이는 책을 당장이라도 읽을 수 있는 공간과 장소를 평상시 관심을 갖고 물색해 둬야 한다.

필요한 자금을 항상 유지하고 비축해 두자

경제적 자립도를 갖춰 자기 삶을 평화롭고 행복하게 이끌어 가기 위한 준비는 학업을 성취하고 사회적 지위를 상승시켜 나가는 것만큼이나 중요하다. 때문에 사전 계획은 물론 중·장기 대책을 수립해 나가야 한다. 자신이 수립한 계획은 열정을 갖고 작은 것을 하나씩 실천으로 옮겨가면서 열심히 노력해야만 얻을 수 있는 것이다. 이 중에서도 경제적 자립도를 확보하기 위해서는 복권에 당첨되거나 증권 또는 부동산 투자를 통해 일확천금을 얻는 허황된 꿈이 아니라 저축이나 건전한 투자, 근검절약을 통해 체계적으로 자금을 확보하고 이를 관리하는 방법을 배워 나가야 한다. 즉 초등학교, 중학교를 다닐 때부터 계획적으로 돈을 모으고 쓰는 방법을 배우고 익혀야 중년 또는 노년에 경제적 자립도를 유지하면서 편안한 가정을 이끌고 나갈 수 있다는 것이다. 특히 어려운 환경에 처해 있는 사람일수록 경제적 자립은 저절로 찾아오지 않는다. 결국 뼈를 깎는 부단한 노력과 인내를 통해서만 얻을 수 있다는 것을 명심하는 것이 좋다.

예를 들어 자금 관리를 위한 입·출금 통장에 들어오는 돈이 나가는 돈보다 항상 많도록 하여 단돈 1원이라도 통장에 잔고가 남도록 지출관리를 해야 한다. 돈을 버는 것보다 쓰는 방법을 먼저 배워야 평생 플러스 인생을 살아갈 수 있다. 그렇지 않으면 빚을 갚는데 많은 시간을 보내야 하고, 경우에 따라서는 평생 마이너스 인생으로 끝마치기 쉽다.

인생은 공수래공수거(空手來空手去)라 했다. 자신이 열심히 일해서 돈을 모으는 것도 중요하지만, 풍족한 삶을 위해 놀이문화와 취미활동을 적절히 즐기며 사는 방법을 배워 나가야 한다. 돈만 모으는데 평생을 바치게 되면 즐거움을 모르고 지내다가 노후에 중병에 걸려 간호사 또는 간병인이 곁에 붙어 24시간 간호하는 처지에 놓이게 된다. 그것은 보람되고 행복한 삶이라 볼 수 없는 것이다. 그동안 열심히 모아 온 돈을 자신이 원하는 일에 사용해 보지도 못하고 짧은 기간 동안 병원비로 쓰면서 불행한 삶을 마감하는 경우가 생기기 때문이다. 따라서 평상시 경제적 자립을 유지하면서 자산의 가치를 생각하고, 힘들게 모은 돈을 필요한 곳에 사용할 줄 아는 생활양식을 배워 나가는 것이 바람직하다. 그래야만 빈손으로 태어나서 빈손으로 자연의 품으로 편안하게 돌아간다는 명제를 이행할 수 있다.

인생은 경제적으로 남에게 의지하지 않고 스스로 건강하고 균형 잡힌 삶을 살면서 행복하고 평화로우며 즐거운 삶을 유지해야 한다. 그 결과 인생의 황혼기를 아름답게 마무리할 수 있도록 하는 것이 올바른 생활 태도라고 생각한다.

경제적 자립을 위해 노동을 하면서 삶을 진지하게 대하는 훈련을 하는 것은 매우 중요한 일이다. 일상생활 속에서 필요한 기본적인 자금을 벌어야 하는 것은 당연하지만, 아침에 일어나 직장에 출근해 저녁에 퇴근하는 다람쥐 쳇바퀴 도는 행위에 너무 깊이 빠져들어 돈의 노예가 되고 삶의 의미를 잃어버리지 않도록 생활해야 한다.

즉 살아가야 하는 삶의 진정한 의미를 생각하면서 삶의 본질과 무관한 물질적인 욕심이 과한 행동이나 편견에 치우치지 말아야 한다. "분수에 너무 지나친 것은 모자란 것만 못하다(過慾不及)."라는 것도 명심해 둬야 할 덕목으로 과한 욕심은 화를 몰고 오기 때문에 조심해야 하는 것이다. 그렇다고 꿈과 희망을 이루기 위해 필요한 최소한 자금까지 욕심을 버리라는 것은 아니다. 자기 분수에 맞는 실현 가능한 꿈을 이루기 위해 필요한 노동과 일을 열심히 해서 필요한 자금을 항상 유지하고 여유 자금을 비축해 두도록 최선의 노력을 다하겠다는 마음가짐은 누구에게나 필요하다.

자신의 분수에 맞는 필요한 경제적 수준을 명확히 설정하여 삶의 균형을 잡고 중도의 길을 찾아 나가는 훈련을 끊임없이 추구하는 것이 바람직한 생활양식인 것이다. 이런 평범하고 소박한 삶을 살아가기 위해서는 먼저 자신의 현 위치에서 필요한 자금과 앞으로 다가올 경제적 비용을 면밀히 분석해 두는 것이 중요하다. 그래서 경제적 자립도를 성취할 때까지는 타인의 문제에 너무 깊이 관여하지 말고 나 자신의 문제에 더욱 집중하는데 많은 시간을 할애해 나갈 수 있도록 지속적으로 노력해야 한다고 생각한다.

내게 찾아온 기회는 절대 놓치지 말자

기회라는 것은 우리 주변에서 순간적으로 일어났다가 눈 깜짝할 사이에 사라진다. 예를 들어 공부를 더 할 수 있는 기회, 스펙을 더 쌓을 수 있는 기회, 좋은 직장을 가질 수 있는 기회, 영원한 반려자 또는 친구를 맞이할 수 있는 기회, 승진할 수 있는 기회, 재물을 늘릴 수 있는 기회, 넓은 주택으로 이사할 수 있는 기회 등등 수많은 기회가 순식간에 나타났다가 없어지는 과정이 반복되는 것이다.

기회는 누구에게나 찾아오지만, 이것을 잡는 방법은 하루아침에 깨우칠 수 있는 것이 결코 아니라는 것을 명심해야 한다. 자신에게 기회가 오면 쇠뿔도 단김에 빼라는 말처럼 망설이지 말고 곧바로 행동으로 옮길 수 있는 행동력을 평상시 열심히 갈고닦아둬야 한다. 만약 주변 사람들에게 피해와 부담을 주지 않는 절호의 찬스가 찾아왔는데도 타인의 눈을 의식하여 그냥 지나쳐 버린다면, 자신의 소박한 꿈과 희망을 포기하는 것이나 마찬가지이다. 이런 태도는 자신의 위치에서 좀 더 나은 곳으로 발전시켜 나가고자 하는 자신의 목표에 한 발짝도 가까이 갈 수 없고, 자신의 삶도 원하는 시기에 개선해 나갈 수 없다는 것을 하루빨리 깨우쳐야 한다. 다시 말하자면 건전하고 좋은 기회를 잡는 방법을 배우지 않겠다는 것은 감나무 밑에서 홍시가 저절로 떨어지길 바라며 행운만 기다리는 바보 같은 생각을 하고 있는 것과 같은 것이다. 이런 행동은 자신의 어렵고 힘든 삶을 행복하고 즐거운 삶으로 개선할 수 있는 절호의 기회를 놓쳐 꿈과 희망이 점점 멀어지고 있다는 뜻이라는 걸 항상 머릿속에 새겨두는 것이 좋다. 기회는 항상 찾아온다는 신념을 갖는 것도 중요하지만, 자신에게 찾아온 기회를 놓치지 않도록 촉각을 곤두세워 주변 상황의 변화에 관심을 가지고 생활하는 것이 중요하다.

베짱이처럼 가만히 놀면서 기회가 오기만 기다렸다가 낚아채는 기회주의자가 되라는 것이 아니다. 아주 작은 목표라 할지라도 한가지씩 이루고, 꿈과 희망을 위해 내 주변을 일일신우일신하며 한 단계씩 개선하는 와중에 스스로 좋은 기회를 만들어나가야 한다. 그러면 어느 누구에게나 평등하게 찾아오는 기회가 자신에게도 찾아왔을 때 그것을 잡을 수 있다. 즉 내게 찾아온 기회는 절대로 놓치지 않고 반드시 잡겠다는 마음가짐을 갖추고 평상시 생활하는 것이 바람직한 생활 태도라는 것이다.

기회를 잡는 순간적 판단력을 키우자

인생에는 3번의 기회가 찾아온다고 한다. 이런 기회를 놓치지 않기 위해서는 하늘의 운도 따라야 하지만, 기회가 왔을 때 놓치지 않는 지혜도 필요하다. 자신에게 찾아온 기회를 잡는 것은 순간적인 판단력에 따라 좌우되는 경우가 많다. 아래는 어느 시골 젊은 농부 두 명이 순간적 판단에 의해 인생이 뒤바뀐 이야기이다.

미국의 한 시골 농장 두 젊은이가 도시 생활을 하고 싶어 농촌 생활을 접기로 했다. 한 사람은 뉴욕으로 가고 다른 사람은 보스턴으로 가기로 결심하고 각자 원하는 지역의 기차표를 샀다. 그러나 그들은 역전에서 주변 사람들의 이야기를 듣고 기차표를 바꿔 탔다. 그 결과 5년 뒤 그들의 인생은 성공과 실패로 뒤바뀌어버렸다는 것이다.

두 사람은 대합실에서 뉴욕 사람들은 인정에 메말라 있어 길을 가르쳐 주고도 돈을 받는데, 보스턴 사람들은 구걸하는 사람에게도 인심을 베푼다는 얘기를 들었다. 뉴욕 기차표를 가진 사람은 일자리가 없어도 굶어 죽을 일이 없으니 보스턴으로 가기를 원했고, 보스턴 기차표를 가진 사람은 길을 가르쳐 주고도 돈을 받는다면 금방 부자가 되겠다는 생각에 뉴욕으로 가기를 원해 서로 기차표를 바꿔 탔다. 결국 보스턴으로 간 사람은 일을 하지 않아도 거리에서 빵을 얻어먹고 따뜻한 인심으로 금방 보스턴 환경에 적응하였다.

반면에 뉴욕으로 간 사람은 돈을 벌 수 있는 기회가 곳곳에 있다는 생각에 돈을 버는 방법을 궁리하며 근근이 살아갔다. 그러던 중 뉴욕 사람들은 각계각층이 모여 있어 고향을 그리워하고 흙에 대한 향수와 애착이 있을 것이라 생각하여 공사장에서 흙과 나뭇잎을 주워 모아 비닐에 담아 '화분흙'이란 이름을 붙여 팔기 시작했다. 아스팔트로 포장이 된 도시에서 흙을 가까이 본 적이 없는 뉴욕사람들의 마음을 움직여 1년 뒤에 작은 방 한 칸을 마련했다.

그는 우연히 도시 거리를 걷다가 불빛이 꺼진 상점 간판을 보고 먼지가 쌓여 거리를 밝혀주지 못하는 간판만 전문적으로 청소해 주는 간판 청소 대행업체를 차렸다. 이 사업이 성공하여 직원 150명을 거느린 사장이 되었고, 다른 도시의 청소의뢰까지 받아 수행할 정도로 성장하였다. 그는 사업가로 성공하여 휴식을 취하고자 보스턴으로 기차 여행을 가게 되었다. 그리고 기차역에서 돈을 달라고 구걸하는 거지를 만났다. 그런데 그는 거지의 얼굴을 보는 순간 깜짝 놀라 뒤로 넘어질 뻔했다. 그 거지는 바로 5년 전에 기차표를 바꿔 탄 친구였던 것이다.

이 이야기처럼 우연히 찾아오는 절호의 기회를 놓치지 않고 순간적인 판단으로 잘 잡아야 어렵고 힘든 삶에서 벗어나 하류층에서 중류층으로, 중류층에서 상류층으로 변신할 수 있다는 것이다. 기회를 잡기 위해서는 주변에서 일어나는 상황을 짧은 순간적이지만 면밀히 분석하고 판단·결정하는 감각적이고 동물적인 능력이 필요하다. 이런 능력은 일상생활 속에서 겪은 체험을 통해 꾸준히 배워 실천해 나가야 한다. 즉 어떤 사안을 결정할 때는 자신을 믿고 판단하여 스스로 결정하고, 결정한 내용의 성패는 남 탓으로 돌리지 않고 자신의 미숙함으로 돌리는 마음가짐을 평소에 끊임없이 훈련해야만 한다. 그래야만 기회가 찾아왔을 때 자신감과 확신을 갖고 기회를 잡을 수 있는 것이다. 이처럼 순간적으로 우리에게 찾아오는 기회를 결코 놓치지 않는 판단력과 결단력은 평소 쌓아온 자신의 경험과 주변에 성공한 사람들의 경험담을 듣는 것으로 하나하나씩 꼼꼼히 익혀 나갈 수 있다. 그러한 태도야말로 바람직한 생활 태도이다.

  꿈과 희망이 아무리 작은 것일지라도 주변의 이목을 의식하지 말고 지금 당장 내 주변 상황에 맞게 발전시켜 나갈 수 있는 기회를 적극적으로 찾아 실천으로 옮기는 자세가 필요하다. 그리고 이런 자세가 습관화되도록 지속적으로 노력해 나가는 것이 바람직하다. 기회를 잡는 순간적 판단력은 책이나 인터넷을 통해, 지인이나 친구를 통해, 또는 여러 다른 경로를 통해 배워 나가겠다는 자세가 올바른 생활 태도인 것이다. 또한 기회가 왔을 때 두려워하거나 포기하지 말고 열정과 성의를 다해 자신을 변화시켜 원하는 목표를 성취해내겠다는 마음가짐도 필요하다고 생각한다.

선의의 경쟁 속에서 이길 수 있다는 자신감을 갖자

시대가 급속하게 바뀌면서 일상생활 속에서나 새로운 직장을 구할 때마다 예전보다 많은 지식과 스펙을 청소년 또는 구직자에게 요구하는 경우가 많아지고 있다. 이것은 당연한 이치이다. 그러니 당황하지 말자. 사회 또는 직장에서 요구하는 조건을 한꺼번에 해결하겠다는 생각은 버리고 이를 잘게 쪼개 단순화시켜 하나씩 성취해 나가겠다는 자세를 가지는 것이 좋다.

모든 일에 자신감과 긍정적인 사고를 가지고 접근하는 것이 무엇보다 중요하다. 좋은 학교를 나온 사람이나 주변 환경이 좋은 사람들과 경쟁하면 이길 수 없다는 생각은 금물이다. 도전해 보지도 않고 포기한다면 현재 자신의 어렵고 힘든 생활에서 한 걸음도 앞으로 나아갈 수 없기 때문이다. 초기에는 주변 여건이 좋거나 좋은 배경을 가진 사람들보다 출발이 조금 늦겠지만, 시간이 흘러가면 자신이 노력한 만큼 요구사항을 하나둘 충족시켜 나갈 수 있다는 신념을 가져야 한다.

그러면서 원만한 인간관계를 유지하고 작은 성취라도 아낌없이 스스로를 칭찬해 주며 자신의 길을 뚜벅뚜벅 걸어가는 것이다. 좀 더 나은 학력과 스펙을 쌓아 지금보다 더 나은 직장을 구하고, 적절한 투자 등을 통해 누구에게나 공평하게 나타나는 절호의 기회를 잡아 재정적 안정까지 꾀하는 것이다. 더불어 자신의 삶을 평화롭고 자유롭게 할 수 있는 최소한의 자금을 항상 유지해야 한다. 거기에 여유 자금을 비축할 수 있도록 근검절약하겠다는 마음가짐도 갖춰 경제적 자립을 일궈내는 것이 중요하다. 그러면 머지않아 찾아올 노후에는 행복하고 아름다운 마무리를 상상할 수 있고, 정신적·물질적·정서적으로 안정을 찾아 행복하고 즐거운 황혼을 즐길 수 있는 것이다. 이런 모든 것은 청소년 시절부터 실현 가능한 삶의 목표와 방향을 잘 잡고 철저히 준비해 나가야 가능하다.

청소년 시기에 설정한 삶의 목표는 중년 또는 노후 생활을 좌우하므로 열과 성을 다해 배움의 문을 두드리고 능동적이며 낙천적인 자세를 지녀야 한다. 또한 작은 것부터 한 단계씩 높여 갈 수 있도록 늘 꿈과 희망을 가진 채 생활해야 한다. 그래야만 자신의 위치를 한 단계씩 업그레이드시켜 나갈 수 있다. 자신의 노력 결과에 대한 확실한 신념과 자신감을 갖고, 실패도 성공을 위한 하나의 과정으로 생각하면서 실패 원인을 면밀히 분석하여 개선해 나가겠다는 마음가짐으로 생활하는 것이 바람직하다고 생각한다.

인내와 끈기를 가지고 어려운 난관을 극복해 나가면서 선의의 경쟁을 통해 자신의 목표를 하나씩 일궈내겠다는 정신자세를 절대로 잃지 말아야 한다. 자신감과 긍정적이고 낙천적인 자세로 끊임없이 노력해 나가는 것이다. 그러면 낙타가 바늘구멍을 통과할 만큼 어렵고 힘들며 냉혹한 사회라고 할지라도 못 이룰 꿈과 희망은 없다고 본다. 즉 총성 없는 선의의 경쟁 속에서도 반드시 이길 수 있고 성과도 낼 수 있다는 자신감을 갖고 생활하는 것이 바람직한 생활 태도라는 것이다.

일생동안 3회 정도, 성장한 내 모습을 상상하자

청년 시절에 실현 가능한 꿈과 희망을 갖고 구체적인 계획을 수립하여 실천으로 옮긴다면 일생동안 최소한 3~4회 정도는 과거와 다른 모습으로 성장해 있는 자신의 모습을 상상해 볼 수 있을 것이다.

자신이 설정한 1차 목표가 성공했을 경우에는 반드시 그 과정을 점검하여 다음 목표를 이루고자 할 때 도움이 될 수 있도록 행동하는 것이 올바른 생활양식인 것이다. 반대로 실패하였을 때는 주변을 탓하거나 부모 탓을 하는 등 다른 사람들에게 전가하지 말고 내 탓으로 돌려, 다음 계획을 진행할 땐 실수를 줄이고 어려움을 극복해 나가는 방법을 찾아 나가는 것이다. 실패한 원인을 면밀히 분석·파악하여 작심삼일로 끝난 것 때문인지, 정신적인 문제인지, 건강관리 부실로 인한 중도 포기인지, 아니면 인간관계로 인한 문제인지, 또는 경제적인 문제인지 등을 찾아내야 한다. 그래서 1차 목표 달성에 필요한 자원과 실패 원인을 현 위치에서 재정립하여 수정·발전시켜 앞으로 전진해 나가는 것이다.

어떤 경우이든 중도에 포기하는 것은 목표 설정을 하지 않은 것만 못한 것이 되기 때문에 절대 포기해선 안 된다. 최초의 목표를 성공하지 못했다고 다음 목표를 계획하지 않고 중도 포기한다면, 평생 변화한 자신의 모습은 기대할 수 없고, 자신의 삶에 대한 꿈과 희망도 온데간데없어지고 만다. 이것은 자신의 삶에서 현재 위치나 상태를 좀 더 나은 것으로 바꾸어 나가겠다는 희망과 꿈을 포기하는 것과 마찬가지인 것이다. 그러니 어떤 경우라도 자신의 꿈과 희망을 중도에 포기하지 말아야 한다. 현실에 맞는 목표를 다시 설정해서 재도전을 계속해 나가야 하는 것이다.

만약 목표 달성에 성공하였다면 이를 동력으로 삼아 제2, 제3의 꿈을 꾸며 일일신우일신 하면 된다. 주변 여건에 따라 목표치를 현실보다 조금 높게 수정해 나간다면 못 이룰 꿈은 없을 것이다. 이런 행동이 습관이 되도록 실천으로 옮기면 학교생활뿐만 아니라 가족생활, 사회생활, 넓게는 삶의 목표에도 지대한 영향을 미쳐 일생동안 자신의 모습이 크게 변화하는 과정을 보면서 보람된 자신의 삶과 그 삶의 진실한 가치를 느낄 수 있을 것이다.

청소년 시기, 열정과 열의로 꿈과 희망을 일궈낸 성취감은 중년 또는 노년 시기에도 중요한 모델이 된다. 중년과 노년에 일어나는 복잡하고 어려운 문제, 고통과 난관에도 슬기롭게 대처하며 포기하지 않는 자세를 가질 수 있다. 또한 미래에 대한 기대감과 자신감으로 삶을 긍정적이고 낙천적으로 이끌어 나갈 수 있다.

꿈 너머 꿈을 꾸어라

청소년 시기는 현재의 위치에서 좀 더 높은 위치로 탈바꿈하고자 하는 꿈을 꾸며, 밝은 미래에 대한 희망을 갖고 정성을 다해 열심히 노력해야 하는 매우 중요한 시기이다. 학업에 열중해서 좋은 직업 선택에 필요한 스펙을 하나둘 쌓아야 하는 때가 10대~20대이기 때문이다. 이때는 자신의 삶을 스스로 기획하는 사람이 되도록 최선의 노력을 아끼지 말아야 한다. 현 위치에 안주하거나 더 나은 곳으로 나아가는 것을 포기한 사람에게는 불필요한 일이겠지만, 자신의 위치를 하류층에서 중류층으로, 중류층에서 상류층으로 올리길 원하는 사람이라면 다른 사람들보다 더욱 많은 열정과 열의를 가지고 노력해 나가야 하는 것이다.

나는 가난한 가정과 어려운 환경 속에서 성장하였다. 유년 시절에는 말라리아 전염병으로 죽음의 고비를 넘겼고, 청소년 시절에는 아버지께서 갑작스럽게 양쪽 눈을 실명하여 우리 가계는 완전히 파탄이 났다. 결국 어머니가 우리 가족 생계를 위해 행상을 시작하셨다. 그래서 나는 초등학교 5학년부터 중학생 때까지 약 5년 동안 어머니가 매일 하시던 밥상 차리기와 빨래 등의 가사 일을 도맡아 하면서 공부했다. 그러다 중학교 2학년 때에는 낙제 까지 경험했다.

하지만 이런 여건 속에서 참다운 삶을 살아가겠다는 신념을 가졌고, 어렵고 힘든 현실을 결코 포기하지 않았다. 고등학생이 되고부터는 긍정적이고 낙천적인 사고로 "나도 할 수 있다."는 자 신감을 갖고 열심히 공부하여 우등생이 되었다. 고등학교를 졸업 한 이후에는 가정 형편 때문에 합격한 대학으로의 진학을 뒤로 미루고 어떤 업종이든 가리지 않고 중소기업에 취직해 일했다. 그러면서도 많은 양서를 읽으며 성공한 사람들의 사례를 공부해 나갔던 것이다.

나는 청소년 시절과 청년 시절의 어렵고 힘든 여건 속에서도 꿈과 희망을 포기하지 않았으며 자신감도 잃지 않았다. 그리고 나보다 좋은 학교와 부유한 가정에 태어난 사람들보다 10배 이 상 노력하면 냉혹한 사회 속에서도 고난과 역경을 이겨 나갈 수 있다는 낙천적이고 긍정적인 사고를 가지고 생활해 나갔던 것이 다. 그렇게 일일신우일신하고 열심히 살아오면서 배움에 대한 열 정도 포기하지 않고 주경야독(晝耕夜讀) 하며 노력한 결과, 낙제생 에서 우등생으로 탈바꿈했고 이공계와 인문계에서 각각 학위 하 나씩 취득하였다. 거기다 말라리아와 대장암 3기로 인한 정신착

란성 섬망 증세를 슬기롭게 넘기며 죽음의 위기를 2번이나 극복하였다. 공직생활을 기능직 9급 공무원으로 시작했지만, 7급 공채와 5급 사무관 승진시험을 거쳐 부이사관(3급)까지 올랐으며 명예퇴직하면서 대한민국 홍조근정훈장도 받았다.

이처럼 나는 눈물의 빵과 강냉이죽을 먹으며 생활했던 가난을 극복하여 하류층에서 중류층으로 발돋움하여 4가지 꿈을 이뤄냈다. 지금은 마지막 5번째 꿈인 평범하고 소박한 사람으로서 즐겁고 행복하게 살 수 있는 참다운 삶을 찾아가고 있다. 또한 노년 시기를 자연과 함께 하면서 평화롭고 아름다운 마무리를 준비해 나가고 있다.

이와 같이 나는 현재 자신의 위치에서 실현 가능한 목표를 조금씩 높은 수준으로 수정·발전시키면서 어렵고 힘든 여건을 인내와 끈기로 이겨냈다. 그리고 학력과 직급을 한 단계씩 상승시켜 하류층에서 중류층으로 발돋움하였던 것이다. 지금은 평범하고 소박한 사람으로 진정성 있고 참다운 삶이 어떤 생활양식인지, 어떻게 살아가야 바람직한 것인지에 대한 해답을 찾으며 살아가고 있다.

삶에 정답은 없다. 내 삶이 100세를 넘기는 것은 어렵고 역사에 길이 남을 유명한 위인이 되는 것도 힘들겠지만, 내 목표인 평범하고 소박한 사람으로서 갖춰야 할 덕목을 찾아가고 있는 중이다. 즉 타인에게 피해와 불편, 부담을 주지 않고 자연과 함께 평화로운 삶을 이어가는 자연인이란 꿈에 도전하고 있는 것이다.

우리가 좋은 대학을 나왔다고, 석사·박사 등의 학위를 받았다고 자만하면 안 된다. 현실 속에서 그 많은 지식을 잘 활용하는 방법을 배워 나가야 한다. 좁게는 자신의 위치와 가정을, 넓게는 사회와 국가, 세계를 변화시켜 나갈 수 있도록 꿈 너머 꿈을 꾸는 것이다. 청소년 시절부터 실현 가능한 목표의 수준을 한 단계씩 높여가며 꿈과 희망이 현실로 나타날 수 있도록 성과를 이끌어내는 기획가로 성장해 나가겠다는 마음가짐을 갖추는 것이 좋다.

자신의 꿈과 희망을 현실로 이끌어내는 뛰어난 기획가로 성장한 사람은 대부분 현실을 직시하고 실천을 중요시하는 사람들이라는 것이다. 이들은 많은 지식을 알고 실천으로 옮기지 않는 것보다, 하나의 지식이라도 실천하며 남보다 많은 열정과 강한 추진력을 가지고 현실 속에서 자신의 생각을 그려 내려고 온갖 정성을 다하는 사람들이다. 또한 이들은 꿈 너머 꿈을 꾸는 것이 우리가 추구해야 할 삶의 가치라 생각하고, 말하며, 행동으로 옮긴다. 그러면서 자신의 사고방식을 기존 틀 속에 얽매거나 가둬놓지 않고 끊임없이 변화를 추구하고 도전하는 생활양식을 가진 평범하고 소박한 사람들이다.

블루오션 전략으로 새로운 일자리를 창조하자

최근에 고등학교 또는 대학교를 졸업하여 취업 준비를 하는 사람들은 각 기업체별로 요구하는 스펙이 너무 많아 취업하기 정말 힘들다고 한다. 낙타가 바늘구멍에 들어가는 것보다 어렵다는 것이다. 스펙을 쌓아 어려운 과정을 거쳐 직장에 들어갔지만, 자신의 생활 습관 또는 이상과 맞지 않아 다른 직장을 찾아 헤매는 경우도 있다. 그래서 대학입시 준비할 때보다 더 열심히 준비하여 들어간 직장을 그만두어야 할지, 계속 다녀야 할지 고민에 빠지는 경우도 생기게 되는 것이다.

만약에 끈기와 인내심을 갖고 노력하였음에도 불구하고 내 뜻에 맞지 않고 내 삶에 즐거움을 주지 못한다면, 지금 있는 직장을 벗어나야 한다고 생각한다. 이때는 정말로 서두르되 세밀하게 준비하는 것이 좋다. 인생에서 중요한 것은 첫 직장이 아니라 내 가정과 자신의 영혼을 올바르게 인도해줄 수 있는 평생직장을 찾는 것이기 때문이다. 자신의 능력을 과대평가하거나 새로운 곳에서 더 잘 할 수 있다는 막연한 기대를 갖지 말고 냉철하게 자신의 내면과 주변 상황을 면밀히 분석하고 판단하는 것이 중요하다. 블루 오션(Blue Ocean) 전략으로 치열한 취업경쟁 속에서도 무리한 경쟁을 피하며 자신의 가치 혁신을 추구할 수 있는 새로운 일자리를 창조해 나가야 한다. 그래야 더 좋은 미래가 보이는 것이다.

　지금은 4차 산업혁명의 영향으로 디지털, 바이오산업, 물리학 등의 경계가 정보통신기술의 기반 위에 융합·복합되어 다양하고 새로운 일자리가 매일 새롭게 창출되고 있다. 하루가 다르게 급변하는 사회이므로 직업의 세계도 다양하게 변하고 있는 것이다. 우리가 잠깐 한눈을 팔거나 방심하면 어느 날 갑자기 인공지능(AI)을 갖춘 로봇이 우리의 직업을 차지해 버린다. 찰나 하는 순간에 기존의 직업이 소멸되고, 동시에 새로운 직업이 나타나는 것이다.

　예를 들어 알파고와 같은 인공지능, 멀티콥터 드론, 블록체인, 인공장기이식, 의료 빅 데이터, 스마트 팩토리, 두루마리 컴퓨터, 자율주행 자동차, 디지털 헬스 케어 등 새로운 기술이 수시로 나타나고 있다. 따라서 현재 존재하지 않거나 알려지지 않아 경쟁자가 없는 직업이나, 특별한 학벌, 돈, 인맥 등의 스펙이 없어도 일할 수 있는 직업이 어딘가 숨어 있을 것이다. 그러니 취업문을 매일 두드리면서 긍정적으로 생활하겠다는 마음을 가진 사람에게 취업문은 항상 열려 있다는 확신을 가지고 생활하는 것이 좋다.

　생존을 위해 자신이 좋아하는 직업을 선택하고 기본적인 재정적 기반을 우선 마련해야만 자신이 원하는 소박하고 평온한 길을 갈 수 있다. 남이 한다고, 또는 남 보기에 좋은 직업이라고 타인의 이목에 이끌려 직업을 선택하기보다는 내가 좋아하고 내 삶의 가치에 걸맞은 직업을 선택하는 것이 바람직한 결정이다. 자신이 절실하게 원하고 심사숙고해서 선택·결정한 직업이라면 귀천을 따지지 말고 묵묵히 정성을 다해 꾸준히 노력해야 한다. 그러다 보면 언젠가는 그 분야에서 최고의 권위자가 될 수 있다. 자신이 선택한 직업으로 인해 타인이 불편하지 않고 거부감을 느끼지 않으며 부담을 느끼지 않는다면 어떠한 직업이라도 괜찮은 직업을 선택·결정한 것이다. 우리가 선택한 직업을 가지고 좋다 나쁘다 따질 수 있을 정도로 삶은 길지 않다. 왜냐하면 왕성한 혈기로 선택한 직업에 정상적으로 종사하며 직장 생활하는 것도 전체 삶 중에서 30% 정도밖에 안 되기 때문이다.

나는 고등학교를 졸업하고 가정 형편 때문에 합격한 한국폴리텍대학(기능전문대학) 입학을 포기했다. 그리고 중소기업 산업현장에 곧바로 뛰어들어가 자신의 이상보다 낮은 힘들고 더럽고 위험한 일을 가리지 않고 열심히 하며 자투리 시간을 활용하여 교양서적과 전공과목을 열심히 공부했다. 그래서 군에 입대하기 전에 기능직 공무원으로 시작하여 7급 공개채용을 거쳐 3급 부이사관으로 명예퇴직하였다.

나의 일생은 어렵고 힘든 환경 속에 놓인 사람도 꿈과 희망을 가진 채 포기하지 않고 꾸준히 노력한다면 자기 적성에 맞는 직업을 구할 수 있고, 자신이 원하는 지점까지 성공할 수 있다는 것을 보여주는 모범적인 사례라고 본다.

즉 우리 주위에 일자리가 부족해서 자신이 할 수 있는 일이 없다고 불만과 불평을 늘어놓을 것이 아니라, 삶의 절실함을 뼛속까지 느끼겠다는 자세로 무엇이든 닥치는 대로 열심히 하면서 새로운 일자리를 찾아 나서야 한다. 그러면 일자리는 우리 주변 곳곳에서 쉽게 찾을 수 있다.

자기 스스로 열심히 노력하여 학업 또는 취업에 열정과 성의를 다한 사람이라면 고등학교 또는 중학교를 졸업한 사람일지라도 대학교를 나온 사람들과 얼마든지 경쟁해서 이길 수 있고, 대학 나온 사람들은 석·박사 학위를 받은 사람들과 경쟁해서 이길 수 있는 것이다.

자본주의 국가에서는 창의적이고 유연한 사고를 가지고 적극적으로 생활하면 자신의 환경을 얼마든지 변화시킬 수 있는 길이 널려 있다. 새로운 일자리를 찾는 노력은 하지 않고 기존에 있는 직업에만 의존하거나, 대학을 나왔다고 3D 업종을 피한다든지 허무맹랑한 꿈과 이상만 가진 채 자기 수준에 맞지 않는다면서 일자리를 걷어차 버리고 취업문을 두드리지 않는다면 바늘구멍 같은 무한경쟁 시대에서 살아남을 수 없다. 결국에는 무한경쟁 사회 속에서 낙오자로 전락하고 마는 것이다. 만약 우리가 취업문을 두드리지 않고 취업문이 열리기만 기다린다면 청춘은 금방 지나가 버릴 것이고, 그 결과 평생직장을 구하지 못해 이리 저리 옮겨 다니다가 중년 또는 노후시기에 어려운 생활을 면치 못하게 될 것은 불 보듯 뻔한 사실이다.

반면에 블루 오션(Blue Ocean) 전략을 갖고 새로운 일자리를 창조해 나가며 열심히 취업문을 두드리는 사람들은 평온하고 행복한 삶을 살면서 노후 준비를 착실히 해 나갈 수 있다는 것을 마음속 깊이 새겨둬야 할 것이다.

4장
부모, 삶과 죽음, 자연의 이치

작은 실천으로 부모님을 기쁘게 해드리자

잭 캔필드의 『마음을 열어주는 101가지 이야기』에는 다음과 같은 이야기가 나온다.

어느 날 어린 아들이 엄마에게 '잔디 깎은 값 5달러, 내 방 청소한 값 1달러, 심부름 다녀온 값 50센트, 동생 봐준 값 25센트, 쓰레기 내다 버린 값 1달러, 숙제를 잘한 값 5달러, 마당을 청소하고 빗자루질을 한 값 2달러, 전부 합쳐서 14달러 75센트.'를 엄마에게 청구하였다.

이에 엄마는 연필을 가져와 아들이 쓴 종이 뒷면에 이렇게 적었다. '너를 내 뱃속에 열 달 동안 데리고 다닌 값, 무료. 네가 아플 때 밤을 새워 가며 간호하고 널 위해 기도한 값, 무료. 너 때문에 지금까지 여러 해 동안 힘들어하고 눈물 흘린 값, 무료. 너 때문에 불안으로 지샌 수많은 밤과 너에 대해 끊임없이 염려해야 했던 시간도 모두 무료. 장난감, 음식, 옷, 그리고 심지어 네 코를 풀어 준 것까지도 전부 무료. 이 모든 것 말고도 너에 대한 내 진정한 사랑도 무료.'라고 적었다, 아들은 엄마가 쓴 글을 다 읽고 나더니 갑자기 눈물을 뚝뚝 흘리며 엄마에게 말했다.

"엄마, 사랑해요!"

그러더니 아들은 연필을 들어 큰 글씨로 '전부 다 지불되었음.'이라고 썼다.

우리는 부모로 인해 이 세상의 빛을 보고 태어나고. 부모로부터 무한한 사랑을 받으며 성장해서 어른이 되어 자녀를 낳아 키우며 살아간다. 이런 자연의 순환 속에서 부모는 자녀들의 대·소변을 가려주며, 아프면 병원에 데리고 가서 치료해 주고, 힘들고 고통스러워하면 보듬어주고 껴안는다. 배고프면 밥해 주고, 더러운 옷을 벗겨 빨아준다. 이런 일을 특별한 경우를 제외하고는 1년 365일 하루도 빠짐없이 쉬지 않고 반복하면서도 힘든 내색도 하지 않고 내리사랑으로 견뎌낸다. 짧게는 결혼할 때까지, 길게는 부모가 생을 마감할 때까지도 이 모든 일은 이어지는 것이다.

그럼에도 불구하고 자녀들은 부모 모시기를 꺼리고, 부모를 모시고 한집에서 살고 있지만 자신들이 낳은 자식들에게 주는 사랑의 십 분의 일, 아니 백 분의 일도 부모에게 보답하지 못하고 살아가는 것이 사람들의 보편적인 생활이다.

예를 들어 지금 우리 나이가 60세라 하고, 30세에 결혼해서 분가를 한 채 살아왔다고 가정해 보자. 부모는 자녀에게 대략 10,000일(30년) 동안 밥 해먹이고, 입혀주며, 자는 것까지 무상으로 해결해 주었다. 그러나 결혼하여 분가하고 아들딸을 낳아 키우기 시작하면서부터는 부모에 대한 관심은 뒷전으로 밀린다. 그래서 결혼 후 분가해 살아 온 30년 동안은 대략 십 분의 일(1,000일) 내지 백 분의 일(100일) 정도만 함께한다. 명절이나 생신날 찾아뵙고, 밥해드리고, 옷을 사드리거나 용돈 몇십만 원 또는 몇백만 원 드리는 것이 전부인 것 같다. 부모가 많이 아프신 데도 병원에 모시고 가서 치료해 드리는 것은 한두 번이고, 병원에 입원해 계셔도 몇 번 병문안 가서 위로해 드리는 것으로 자신의 역할을 다했다고 생각하는 것이다. 아마 효자로 소문난 사람을 빼놓고는 대부분의 사람이 이와 같은 생활을 하지 않을까 생각한다.

그래도 자녀 중에서 백 분의 일 내지 십 분의 일 정도만이라도 부모에게 받은 사랑을 되돌려드리겠다는 마음가짐을 가지고 말보다는 행동으로 옮기고 있는 자식이 있다면, 그 사람은 그나마 부모에게 잘한다는 소리를 주변에서 듣게 된다.

그러나 어쩌다 한두 번 병원을 모시고 가서 치료해 드리고 외식 한두 번 해드린 것으로 생색내기도 한다. 또한 명절 또는 생신 때 용돈 조금 갖다주었다고 부모에 대한 자신의 역할을 다 했다고 자랑하기도 한다. 정말 서글프고 안타깝다는 생각이 들지 않는가? 아무리 산술적으로 계산해봐도 부모님이 주신 사랑은 평생 살면서 보답해 드려도 못 갚을 것 같은데 말이다. 그나마 부모와 함께 살면서 모시고 사는 사람은 분가해 사는 사람보다 부모에게 훨씬 많은 보답을 행하고 있기에 형제들로부터 존경받고 있는 것이다.

이런 자녀들의 말과 행동을 접하면서도 슬퍼하거나 미워하지 않고 묵묵히 살아가는 것이 부모들이다. '자식들과 먹고살기 어렵고 바쁜 직장생활 때문에 그렇겠지.' 하거나 '내가 잘못 가르친 것이니.' 하면서 자신의 탓으로 돌리고 그냥 넘어가는 것이 대부분의 어버이의 마음인 것이다. '부모와 자녀 간에 이렇게 사는 것이 정말 올바르고 참다운 삶일까?' 하는 생각을 가끔 한 번씩 생각하면서 나 자신을 되돌아본다.

그래서 나는 가능한 부모가 내게 베풀어 주신 사랑과 배려에 조그마한 보상이라도 해드리겠다는 생각으로 작은 것 한 가지라도 말보다는 행동으로 옮기려고 노력해왔다. 40세가 넘으면서 한 달에 한 번 이상은 어머니를 찾아가 드라이브를 겸한 외식을 하고, 시간적·경제적 여유가 생기면 간간히 국내 여행과 국외여행도 모시고 다녔다. 간혹 아프시면 병원에 입원하시도록 하고 가능한 자주 찾아뵙도록 노력했다.

　그러나 어머니의 건강 상태는 나이가 들어가면서 예전과 같지 않아 점점 쇠퇴하는 모습을 볼 때면, 나의 이런 행위도 한계를 있다는 것을 느껴 안타까운 마음이 들 때가 더러 있다. 그렇다 하더라도 가는 세월을 막을 수도 없고, 세월은 앞으로 끊임없이 흘러가고 있기에 어머니와 함께 살지 못하고 있는 내가 어머니를 기쁘게 해드리고자 한 번이라도 더 찾아뵈려고 노력하는 것으로 만족하며 살아왔던 것이다. 어머니는 2019년 10월에 별세(別世)하셨다.

　나를 낳아주시고 키워주신 분은 이 세상에서 한 분뿐이므로, 많은 말보다 작은 것 한 가지라도 행동으로 옮기는 것이 그 어느 것보다 중요하다는 생각이 든다.

귀중한 자신의 삶에 대한 책임과 의무를 다하자

　우리는 이 아름다운 지구에 태어날 때부터 험난하고 힘든 과정을 거친다. 우선 선남선녀가 만나 서로 사랑하며 성관계를 하게 되면, 약 수천만 개에서 2억 5천 개의 정자가 분출된다. 그중에서 가장 건강하고 힘센 정자 하나가 질 속의 험난한 장애물을 뛰어넘고 힘겹게 거슬러 올라가서 운 좋게 선택받아 난자와 만나 결합한다. 그 결합물인 수정란이 여성 자궁내막에 정상적으로 착상해야만 아기가 탄생하는 과정이 시작되는 것이다. 얼마나 어려운 과정을 거쳐 태어난 귀중한 우리인가? 자신의 환경과 성격이 맞는 이상적인 이성을 찾기도 어렵지만, 정자와 난자가 만나 임신해서 세상 밖으로 나오는 과정도 결코 쉬운 일이 아닌 것이다.

이 힘든 과정을 거쳐 태어난 아기는 혼자 힘으로 일어서고 걸으며 스스로 앞가림을 할 때까지 부모와 가족, 사회구성원들의 보살핌과 사랑을 받고 자라난다. 이런 고된 생활 속에서 성장한 우리에게는 당연히 이 세상을 아름답고 행복하게 살아가야 할 책임과 의무가 있지 않겠는가?

책임이란 "어떤 일에 관련되어 그 결과에 대해 지는 의무나 부담. 또는 그 결과로 받는 제재(制裁)."라고 한다. 다시 말해 자신이 한 말과 행동에 책임을 져야 한다는 것이다. 말만 하고 행동으로 옮기지 않는다면 타인으로부터 신뢰를 받을 수가 없게 된다. 이것은 개인을 떠나 사회적인 문제로 확대되어 누적되고, 쌓이면 불신의 사회가 된다. 그러면 동물들의 약육강식 세계처럼 되어 약한 사람은 살아남기 어려운 세상이 되는 것이다. 그래서 국가는 자신의 말과 행동에 대한 책임을 지키도록 법과 규칙을 만들고 책임을 다하지 않으면 법으로 책임을 지도록 강제하고 있는 것이다.

의무는 "사람으로서 마땅히 하여야 할 일. 곧 맡은 직분."이라고 한다. 우리가 태어난 이 세상에는 각각 법으로 정해진 의무가 있다. 우리나라는 "교육, 근로, 납세, 국방"이라는 4대 의무가 있다. 모든 국민은 차별 없이 고등학교까지 교육을 의무적으로 받아야 하고, 개인의 풍요로운 삶을 위해 일할 의무가 있으며, 일해서 생긴 이익금 중 일부를 세금으로 국가에 납부해서 우리가 살아갈 수 있는 좋은 공동체 환경을 만든다. 그리고 남·북 대치 상황에 대처하고 외부 세력으로부터의 침입을 막아 우리 국토를 지키기 위해 남자는 일정 기간 국방의 의무를 수행하도록 법으로 규정하고 있는 것이다.

우리는 부모와 가족, 사회구성원들의 보살핌과 사랑을 받으며 성장하고 발전하는 것이다. 우리에게 보살핌을 베풀고 사랑을 준 이들에게 보답하기 위해 자신에게 주어진 직분에 책임과 의무를 다하며 열심히 일하고 사는 것이다. 그리고 정상적인 결혼을 통해 가정을 꾸리고 자녀를 낳아 교육시키며 살아가는 것이 바람직한 생활양식이라 나는 본다. 즉 귀중한 삶 속에서 사회적 책임과 의무를 다하며 평범하고 소박한 사람으로 높은 꿈과 희망을 갖고 행복하고 즐겁게 살아가는 것이 올바르고 참다운 삶의 길이라고 생각하는 것이다.

삶과 죽음을 생각하며 자신을 변화시켜 보자

시간은 쉬지 않고 지나가고 죽음은 점점 다가오고 있다. 지금 내가 무엇을 해야 진정 올바른 삶을 사는 것일까? 매일 내 주변에서 일어나는 아주 사소한 일부터 난해하고 복잡한 일까지 현실에 맞게, 조화롭게 해결하기 위해 나를 어떻게 변화시켜 나가는 것이 올바르고 참된 모습일까? 보편적이고 상식적인 선에서 생각하고 처신하며 사는 것이 가장 좋은 현명한 방법일진대…. 먼 훗날을 내다보면 이것도 저것도 아닌 것 같을 때는 어떻게 해야 할까? 이런 많은 고민 속에서도 매일 수시로 결단을 내려야 한다.

인생은 계속되는 변화 속에 매 순간 자신이 결정하는 것에 따라 행복과 불행으로 갈라진다. 낯선 환경에 대처해야 할 때, 익숙하지 않은 일을 처음 시작할 때, 현재하고 있는 일과는 전혀 다른 일을 해야 할 때 등등 매 순간 결정할 때는 생소하고 낯선 일이기 때문에 두려움이 항상 따른다. 우리에게는 이런 두려움을 극복하고 행동하는 용기가 필요하고 미지의 세계를 모험하는 것도 감수해 나가야 하는 것이다. 이것은 과거에도 늘 그랬고 앞으로도 그럴 것이다. 또한 일상생활 속에서도 아주 사소한 것처럼 보이지만 밥을 먹을까 빵을 먹을까, 공부할까 게임을 할까, 전철을 탈까 버스를 탈까, 대학을 갈까 취업을 할까 등 많은 결정을 내리면서 생활하고 있다. 이런 사소한 결정을 하는 과정을 거쳐 성년이 되면 결혼을 할까 독신으로 살까, 집을 살까 전세로 살까, 아이를 낳을까 말까 등 더욱 어려운 결정도 해야 한다. 이것 이외에도 봉급생활자로 있을 것인가 개인 사업을 할 것인가, 신규 사업에 투자할 것인가 기존 사업을 확장할 것인가, 큰 수술을 할 것인가 자연 치유를 할 것인가 등의 사회적 성패 또는 개인적인 생사에 관련된 난해하고 복잡한 일도 선택해야 한다. 이런 결정이 우리 삶의 질과 인생을 바꾸는데 많은 영향을 끼친다는 것이다. 아주 소박하고 사소한 판단이든 중요한 판단이든, 어느 것 하나 우리 자신의 용기와 의지 없이는 결코 결정할 수 없는 것들이다. 따라서 자신이 결정한 것에 대한 책임은 타인이 아닌 본인에게 있다는 것을 항상 명심하고 심사숙고하여 결정하는 자세를 평소 배워 나가야 하는 것이다.

나는 말라리아와 대장암 3기라는 두 번의 죽음의 위기를 극복하면서 삶과 죽음에 대해 많이 생각하게 됐다. 그러면서 나 자신을 변화시키기 위해 좋든 나쁘든 과거의 일에 얽매이지 않고 현재를 중시하며 어려운 난관을 극복하는데 필요한 일을 스스로 결정하고 실천해 왔던 것이다. 미래에 대한 꿈과 희망을 가졌으며 이를 성취하기 위해 지난 일을 밑바탕으로 매일 현실을 개선하는데 필요한 용기와 자신감을 키웠다. 스스로 결정하고 판단한 것에 대해서는 내가 책임을 지는 자세를 갖추도록 노력했으며, 앞으로도 내가 살아있는 동안에는 지금처럼 행동할 것이다.

얼마 전, 나는 어머니를 모시고 시골길을 드라이브하면서 점심 먹으려 가는 길에 삶과 죽음에 대한 생각을 갑자기 하게 된 적이 있다. 어머니에게 얼마 남지 않은 삶 중에 하시고 싶은 일이나 드시고 싶은 것이 있으면 언제든지 내게 알려 달라고 말했다. 그러나 이 말을 하는 순간 별안간 내 가슴이 먹먹해지더니 울컥하고 갑자기 눈물이 났다. 순간적으로 일어난 일이라 나는 어쩔 줄 모르고 당황했다. 갑자기 삶에 대한 서러움과 아쉬움이 내게 몰려 왔던 것이다. '얼마나 더 어머니가 혼자 움직이며 드시고 싶은 음식을 드실 수 있을까?' 하는 생각이 갑자기 든 것이다. 그 전날 파킨슨병으로 움직임이 불편하여 혼자서 소변보기도 어려워하시는 장인을 찾아뵙고 느낀 것이 있어 더욱 그랬던 것 같다.

지금 숨 쉬고 있는 현실에 감사함을 느끼고, 내가 숨 쉬고 있는 동안 주변 환경 변화에 순응하고 자연의 혜택을 최대한 누리면서 행복하고 즐겁게 살아야겠다는 생각을 다시 한번 해본다. 세월이 흘러 죽음을 맞이하는 시점에 다다르면 아름답게 마무리할 수 있도록 올바른 길을 선택·결정하여 행동하는 습관이 내 몸에 자리 잡기를 기대하는 것이다.

삶의 과정에는 성공과 실패가 공존하며 항상 내 가까이에 있고, 죽음도 어느 순간에 예고 없이 찾아오기도 하는 것이다. 성공은 내게 꿀맛 같은 행복과 즐거움을 가져다주지만, 실패와 죽음은 고통과 슬픔을 준다. 실패와 죽음의 문턱까지 오고 가던 사람들은 자신의 삶에서 정말 중요하고 필요한 것이 무엇인지 다른 사람보다 먼저 알게 된다. 그래서 불필요하고 중요하지 않은 것은 제거하여 단순하고 간소한 생활을 즐기는 것이다.

어렵고 힘든 삶을 극복하고 성공한 사람들은 현실을 직시하고 주변 환경에 맞춰 자신을 변화시키는 것에 대한 두려움을 떨치고 행동으로 옮기는 생활 태도를 가지고 있다. 결국 성공한 사람이나 평범한 사람이나 모두 유한한 삶을 살다가 죽음을 맞이하는 것이므로, 자신을 과감히 변화시키며 즐겁게 사는 것이 좋다.

자연의 순리에 감사하며 이를 잘 활용하자

인간이 존재하는 어디든지 공기, 태양, 물, 흙은 반드시 있고 자연의 순환은 어김없이 이어지며, 계절이 바뀌면 대지는 새로운 모습으로 변해 내게 다가온다. 이런 것들이 얼마나 아름답고 내 마음을 설레게 만들어 주는가?

봄에는 대지로부터 새싹이 낙엽 사이로 비집고 나오고 온갖 동·식물이 따뜻한 태양의 기운을 받아 기지개를 펴고 야외 활동을 시작한다. 여름에는 뜨거운 태양열로 온 대지를 데우고 간간히 소낙비나 장맛비가 대지를 식혀주면서 동·식물들에게 영양분을 제공한다. 가을에는 과일나무와 야채들이 햇볕과 비를 적절히 섭취해서 맺은 풍성한 열매를 수확하고 비축하게 되는데, 이는 추운 겨울 내내 먹을 양식을 제공해 주는 것이다. 겨울에는 봄·여름·가을 동안의 야외활동으로 지친 심신을 쉬게 만들어 재충전할 수 있는 기회를 제공해 준다.

계절의 변화는 지역별·나라별로 다를 수 있겠지만, 내가 태어난 대한민국은 사계절이 뚜렷하고 산과 들, 삼면이 바다로 이루어져 살기 좋은 나라이다. 계절별로 뚜렷하게 변화하는 우리나라의 아름다운 강산의 모습을 보고 느끼면서 겸손하고 감사하는 마음으로 자신의 분수에 맞게 생활해 나간다면, 천국과 같은 행복하고 즐거운 삶을 누구든지 영위해 나갈 수 있다고 생각한다.

현대문학을 대표하는 시인 김소월은 자신의 시 '산유화'에서 산에 피는 꽃을 소재로 '탄생·고독·소멸·화합'을 간결한 형식으로 결합하여 자연의 순환 원리와 사랑의 원리를 잘 표현하였다.

산에는 꽃이 피네. 꽃이 피네.
갈 봄 여름 없이 꽃이 피네.
산에, 산에 피는 꽃은 저만치 혼자서 피어 있네.

산에서 우는 작은 새여, 꽃이 좋아 산에서 사노라네.

산에는 꽃이 지네. 꽃이 지네.

갈 봄 여름 없이 꽃이 지네.

인간은 자연 변화의 아름다움을 눈으로 보고, 귀로 듣고, 피부로 느끼고, 몸으로 체험하며 살아간다. 그러면서 성숙한 인격체로서의 소양을 갖춘 진정하고 참다운 삶을 찾아 나그네처럼 길을 평생 걸어가는 미완성품인 것이다.

과학자는 자연 현상에 대한 이론을 발견하여 정립시켜 나가고, 화가는 최선을 다해 아름다운 색깔로 화폭에 자연의 모습을 담고, 음악가는 심금을 울리는 자연의 소리를 찾아 음원으로 인간의 마음을 표현하려고 최선의 노력을 기울인다. 그러나 과학자, 철학자, 화가, 음악가, 정치가 어느 누구도 탄생·성장·쇠락·죽음·환생으로 반복되는 운명의 굴레를 벗어날 수 없는 것이다. 그러므로 자연의 순환 이치를 깨우치고 지금 살아 숨 쉬고 있음에 감사하며 자연을 올바르게 잘 활용하는 사람이 지혜롭고 성숙한 인격체로 청소년기를 지나 중년기와 노년기를 거치면서 잘 익어 가는 것이다. 즉 자연의 순리에 따라, 나이의 변화에 따라, 계절의 바뀜에 따라, 주변 환경에 따라 자신을 올바른 방향으로 매일 새롭게 탄생시켜 나가는 모습을 갖추는 것이 평범하고 소박한 사람의 바람직한 생활양식이라고 본다.

자연과 조화를 이루며 분수에 맞는 생활을 하자

자연 속에 존재하는 모든 것은 자신의 분수에 맞게 있어야 할 자리를 지켜야 한다. 그리고 인간은 인간대로 주변에 피해와 부담을 주지 않고 자기 역할을 다한다면 자연과 조화를 이루면서 평화롭게 공존하며 살아갈 수 있다.

학생은 학업에, 농민은 농사일에, 근로자는 산업현장에, 군·경은 국토방위와 치안유지에, 관료와 통치자는 국민을 위한 봉사자로서 맡은 일에 집중하며 생활하면 되는 것이다. 자연은 자연대로 하늘에 떠 있는 구름과 해, 묵묵히 자라고 있는 나무와 풀, 미생물에게 보금자리를 마련해 주는 토양과 바위 등이 자기 위치에서 제 할 일을 하고 있으면 만사형통이다. 즉 자연 생태계의 먹이사슬로 구성된 동·식물과 인간이 우주 질서를 유지하고 자신의 본 위치를 벗어나지 않으면서 분수에 맞는 역할을 한다면 평화롭고 아름다운 자연 그 자체로 남을 수 있다.

그러나 인간은 자연의 우두머리인 양 허세를 부리며 생활하는 것을 당연시함으로써 아름다운 자연생태계를 마구 파괴하는 것이다. 지하자원을 개발하여 지금보다 더 나은 생활을 영위하겠다는 목적으로 자연생태계를 보존하지 않고 무자비하게 땅을 파헤치며, 강줄기를 바꾸고 무수한 산림을 훼손시킨다. 동·식물들을 싹쓸이하며 멸종 위기로 내모는 일도 세계 곳곳에서 밥 먹듯이 한다. 하물며 종교와 이념이 다르다며 인간들끼리 전쟁을 일으키기도 하고, 더 많은 땅을 차지하기 위해 싸우며 서로를 죽이고 미워하고 질투하며 생활하는 것이다. 그래서 평화롭고 아름다운 자연생태계는 파괴되어 오존층이 조금씩 사라지고 있고, 온난화로 인해 빙상과 빙하가 녹아내려 향후 100년 이내에 해수면이 1m 이상 상승할 것이라는 전망도 하고 있다. 이로 인해 지진이 발생하고 화산이 폭발하는 등 갖가지 재해가 잇따를 것이고, 결국 우리가 거주하는 저지대 지역이나 많은 섬나라가 사라지는 결과를 초래할 것이다. 그 정도로 우주의 질서와 조화를 깨트리고 있음에도 우리는 그 사실을 모르고 생활하고 있는 것 같다. 이와 같은 일은 지난 과거에 수없이 많이 해왔고, 지금도 전 세계에서 일어나고 있다. 앞으로도 지구가 파괴될 때까지 멈추지 않고 지속될 것 같아 두려운 느낌이 든다.

인간이 올바르고 참다운 사람으로 살다가 자연과 함께 인생을 아름답게 마무리하는 것이 최고 수준의 삶이라는 것을 잘 알면서도 개인 또는 국가의 과욕으로 벌어지는 일이 장소를 가리지 않고 있는 것이다.

우리는 자연이 주는 혜택을 생활에 필요한 양만큼만 취하고 남은 잉여분은 후손들에게 넘겨주어야 한다는 자세를 지녀야 한다. 또한 절제하는 생활을 하면서 자연과 조화를 이루며 분수에 맞는 생활을 개개인이 유지하도록 적극적으로 노력해 나가는 것이 필요하다. 나는 이것이야말로 올바른 생활 태도라고 본다.

PART 2

사회·경제적 안정권 확보

1장
결혼, 부부, 자녀, 가족관계 성립

독신·계약·정상 결혼에 대해 심사숙고해 보자

"결혼은 해도 후회, 안 해도 후회."라고 소크라테스가 말한 것과 같이, 결혼은 삶의 딜레마이다. 따라서 우리가 결혼할 것인지 아닌지를 결정할 때에는 내 주변 환경을 곰곰이 생각하면서 독신주의, 계약 결혼, 정상적 결혼 등의 장단점을 분석하고 신중하게 결정하는 것이 좋다. 그 후 정상적인 결혼을 선택하여 행동으로 옮겨야만 결혼한 뒤 부모, 배우자, 자녀들과 함께 약 50년 내지 60년을 즐겁고 행복한 가정으로 평온하게 이끌어 나갈 수 있는 것이다.

정상적인 결혼은 청년들이 생각하는 낭만적이고 환상적인 꿈이 아니라, 생활 습관이 다른 남녀가 만나 서로에게 많은 장단점이 있다는 것을 이해하고 양보하면서 함께 살아가는 것이다. 그러면서 부부가 가정이란 테두리 안에서 공동의 목표를 위해 서로의 장점은 독려해 주고 단점은 보완해 가며 살아가야 평온하고 행복한 가정을 유지할 수 있다. 때문에 앞서 말한 것처럼 각자 자라온 주변 환경과 가족 문화가 많이 다르다는 것을 먼저 이해하는 것이 좋다. 서로 양보하고 공감대를 형성하며 살아야 어려움이나 난관이 닥쳐도 이를 견뎌내고 살아갈 수 있기 때문이다.

부부가 자녀를 가진다면 일이 더 많아진다. 가정교육이라 할 수 있는 부모의 말과 행동은 자녀의 인성 및 사회 공동체 생활에 지대한 영향을 미치므로 학교 교육 못지않게 가정교육에 관심을 가지고 책임을 느껴야 한다.

반면에 독신으로 생활하면서 평범한 사람들과는 다른 삶을 선택한 사람도 있을 것이다. 이들은 깊은 산 속 은둔자가 되어 정신수양을 하거나 신앙의 부름을 받은 수녀 또는 신부, 자신의 철학적 사상 등으로 혼자 생활하는 경우이다. 대체적으로 나 홀로 살거나 계약 결혼해서 사는 사람들은 생활이 자유롭지만, 때로는 고독함을 이겨내야 하고 불완전한 생활도 감수해야 한다. 나 홀로 이겨내야 하는 고독함은 때때로 먹먹함을 느끼게 만들고, 외로움과 쓸쓸함이 뼛속까지 저려올 때가 있다. 예를 들어 가족이 모두 모이는 즐거운 명절이나 생일날, 병상에 누워 아픔과 고통을 이겨내야 할 때, 싸늘한 찬바람이 불 때, 생을 마감할 때 등이다. 이런 고독함과 쓸쓸함을 견뎌내고 감수해 내지 못하겠다면, 자신만의 자유를 일부 포기하는 대신 고독으로부터 구원해 줄 수 있는 결혼을 선택하는 것이 좋다. 이런 선택을 심사숙고하여 최종적으로 결혼 여부를 결정하는 것은 부모의 문제가 아니라 전적으로 자신의 문제라는 것이다.

결혼은 하고 싶은데 결혼하지 못한 사람들은 여러 가지 이유와 핑계를 든다. 경제적·사회적 준비가 안 되어서, 육아와 직장생활을 병행하기 어려워서, 조금 더 공부하기 위해서, 젊은 시절에 자유를 더 누리기 위해서, 자신의 이상형을 찾지 못해서, 종교적인 생각이 있어서 등의 이유를 들어 결혼을 미룬다. 그러나 내 생각으로는 결혼하기로 결심했다면 자신의 짧은 안목으로 지금 처한 주변 환경을 한탄하며 결혼을 못하는 이유를 찾거나 핑계를 대는 것에 시간을 낭비해서는 안 된다고 생각한다. 가능하다면 평균 결혼 정년기를 넘기 전에 신속히 의사결정을 내리는 것이 좋다고 본다. 결혼 문제는 자신의 생애 중 3분의 2에 해당하는 약 오육십 년을 내다보는 긴 안목을 가져야 하며, 자녀들의 교육과 결혼 문제, 자아 성취, 노후에 닥쳐올 사건 등 인생 전반에 걸친 관점에서 바라보고 생각하여 결정해야 후회하지 않는다.

러시아 속담의 '싸움터에 나갈 때는 한 번 기도하고, 바다에 나갈 때는 두 번 기도하라. 그리고 결혼할 때에는 세 번 기도하라.' 라는 말을 되새기면서 심사숙고하여 의사를 결정하는 것이 바람직하다. 예를 들어, 결혼 상대를 결정할 때는 자신의 위치에서 우선순위 10개를 선정해서 60~80%가 맞는다면 평생의 동반자로 선택하여 장점은 독려해 주고 단점은 서로 보완해 가며 사는 것이 좋다. 배우자를 선정할 때 고려해야 하는 기준은 각자의 가치관에 따라 매우 상이하므로 타인의 이목에 끌리지 말고 자신의 처지에 맞는 선정 기준을 별도로 마련해 두는 것이 바람직한 일이라 생각한다.

결혼은 자연이 준 사랑의 선물이라 생각하자

결혼은 사랑하는 남녀가 만나 자식을 낳아 자손을 번성시켜 손주가 재롱부리는 모습과 성장하는 과정을 보면서 일상생활 속에서 행복과 뿌듯함, 성취감을 느낄 수 있는 자연의 큰 사랑이자 선물이라고 생각한다.

평범하고 소박한 삶을 추구하는 대부분의 사람들은 결혼을 통해 가정을 이루고 자녀를 낳아 키우면 산다. 우리가 정상적인 결혼생활을 시작했다면 결혼하기 전에 고민했던 독신주의나 계약 결혼 등에 대한 잡다한 고민은 하루빨리 벗어버리는 것이 좋다. 왜냐하면 사랑하는 사람을 만나 결혼해서 2세를 낳아 키우는 것은, 이 세상에 내 고유성을 일부분 물려주면서 자연의 이치에 따라 또 다른 세상을 창조할 수 있는 유일한 기회이기 때문에 그렇다. 그래야만 결혼이란 것을 순수하고 거룩한 마음으로 하늘이 내려준 자연의 선물로 받아들이고 평온하고 행복한 가정을 유지할 수 있는 것이다.

부모로서 겪은 경제적·정신적 부담과 고통은 자식 또는 손자들이 우리보다 더 나은 세상으로 발전·성장해 나가는 과정을 보면서 사라지고 행복과 기쁨만 남게 되는 것이다. 그러면서 자손들은 행복과 기쁨으로 가득 찬 가정을 통해 정서적으로나 도덕적으로 성장해 나간다. 또한 부모들도 나이에 걸맞게 더욱 성숙해지면서 익어가는 것이다. 이것이 결혼생활이 우리에게 주는 가장 큰 사랑의 선물이다. 즉 자연이 인간이란 동물에게 준 가장 큰 사랑의 선물이고 고귀한 것이란 말이다. 따라서 우리는 특별한 경우를 제외하고는 사랑하는 사람을 만나 결혼해서 행복한 가정을 이루고 자손을 번성시켜 이 세상을 지속적으로 발전·성장시켜 나가도록 해야 한다.

나 역시 정상적인 결혼을 통해 삶을 살아가는 것이 창조주가 내게 준 큰 사랑 중 하나라고 보고 있다. 정상적인 결혼은 태어나서 성인으로 성장한 남녀가 조금씩 생각과 생활환경, 습관 등이 다를지라도 서로 이해하고 양보하고 포용하며 행복한 가정을 꾸려 가는 행위이다. 평범하고 소박한 삶을 추구하는 사람에게 자연이 준 사랑의 선물인 것이다. 그러니 결혼을 올바르고 참다운 삶을 이끌어가는 중요한 과정 중 하나라고 생각해야 하며, 이런 태도야말로 바람직한 생활 태도라 나는 생각한다.

부부지간은 상호 보완해 주는 관계로 생각하자

러시아 작가 겸 사상가인 레프 톨스토이는 "행복한 결혼 생활에서 중요한 것은 서로 얼마나 잘 맞는가보다 다른 점을 어떻게 잘 극복해 나가느냐이다."라고 말했다. 부부가 서로 사랑하며 행복한 결혼 생활을 한다 할지라도, 백 년 이상 살기 어려운 유한한 삶을 사는 것이 인간이라는 것을 항시 기억하면 좋을 것 같다. 그러므로 남녀가 만나 평화롭고 행복한 가정을 이끌어 가기 위해서는 서로 많은 대화를 통해 무엇보다도 상대편의 부족한 점을 보완해 주고 좋은 점은 부각해 상대방에게 힘을 실어 주는 것이 중요한 것이다.

부부란 각자 다른 환경에서 성장해 왔기 때문에 학력, 성격이나 감정, 경제 여건, 가정 문화 등 많은 부분이 상이하다. 어릴 때부터 상대방 집을 왕래하며 교제하다가 결혼까지 성사되었다 하더라고 막상 한 울타리 안에서 같이 생활하다 보면 각 가정에서 자라면서 배운 습관 같은 것이 평상시 자신도 모르게 나타나 갈등이 생긴다. 하물며 가까운 지인의 소개 또는 중매 등으로 만나 결혼한 경우에는 서로 다른 부분에 대해 모르는 것이 너무 많기 때문에 상대편의 행동이나 습관을 이해하고 받아들이는데 많은 시간이 필요하다. 그래서 서로 상대방의 습관 등을 이해하고 받아들이는 과정에서 몇 년간, 또는 평생 동안 상대방의 장점과 단점을 따지다가 아주 대수롭지 않은 작은 일에도 다투는 경우가 가끔 생긴다. 이런 다툼이 누적되면 다툼이 심해져 별거하고, 더욱 관계가 나빠지면 최종적으로 이혼까지 가는 경우도 생긴다, 따라서 남편 또는 아내로 살아가는 데 서로 지켜야 할 것은 잘 지켜야 가정의 평화를 지속적으로 유지할 수 있는 것이다. 즉 남편은 남편으로서 본분이 있고 아내는 아내로서 본분이 있으니 이를 잘 헤아려서 서로 침범하지 않도록 각자 노력해야 한다는 것이다. 자녀를 낳아 기르고 교육하는 데에도 부모 중 한 사람은 자녀를 엄격하게 대하고 다른 한 사람은 사랑으로 감싸주어 강직하고도 훌륭한 인격을 갖출 수 있도록 지도하고 격려해 주는 것이 좋다.

끊을 수 없는 사랑으로 맺어진 부부도 서로 상대방의 인격을 존중해 주고 자신의 본분을 지켜야 부부간의 사랑도 영원할 수 있으며, 가정생활도 원만해지고 주변 분위기도 좋게 만들 수 있다. 결과적으로 부부지간에는 장점은 칭찬해 주고 단점은 보완해 주는 노력을 서로 아끼지 말아야 한다는 것이다.

자녀의 배우자에 대한 공동 선정 기준을 마련하자

자녀는 부모와 선생님 등 어른들의 도움을 받아 배우고 읽으며 성장한다. 성인으로 성장한 자녀는 직업을 갖고 사회생활을 하면서 영원한 반려자를 찾아 결혼하고 보금자리를 꾸려 자녀를 낳아 키우게 된다. 이것이 평범하고 소박한 사람들의 행복하고 즐거운 삶이다. 이런 행복하고 즐거운 삶은 물질적 또는 재정적으로 풍족하거나 거창한 것에 있지 않고 자기 분수에 맞는 단순하고 소박한 삶을 살아가는 과정에 녹아있는 것이라 생각한다.

결혼은 조부모, 부모, 형제자매 등 가족으로 구성된 가정에서 벗어나 서로 다른 가족 풍습 및 문화 속에서 성장한 배우자를 만나 새로운 가정을 꾸리는 것이다. 남녀가 결혼했다는 것은 성인으로서 생리적인 욕구와 심리적인 욕구를 충족시키고 서로 다른 인격과 생활 습관 등을 상호보완하면서 더욱 성숙한 인간관계로 발전시켜 나가는 과정에 들어섰다는 것이다. 최근의 평균 기대수명(82.7세, 2017년) 기준으로 계산하면 약 오륙십 년 이상 배우자와 함께 동고동락하며 사는 것이다. 만약 배우자를 가볍게 선정한다면 평생 고생하거나, 다툼으로 인해 불편하고 불행한 삶을 오랜 세월 보내야 하는 경우가 생길 것이다. 따라서 배우자를 가볍게 선정하지 않도록 평상시 부모와 함께 기본적인 선정 기준을 마련해 두는 것이 좋다. 이렇게 가족끼리 협의하여 마련한 선정 기준을 통해 영원한 배우자를 신중하게 고르고 잘 선택한다면 같이 사는 동안 행복하고 즐거운 삶을 오랫동안 유지할 수 있다.

배우자를 선택하는 과정과 관련된 심리학적 이론인 우드리(Udry; 1971)의 여과이론(filtertheory)에 따르면, 우리의 잠재적 배우자는 다양한 기준의 필터를 통과한 사람 중에서 선택된다고 한다.

첫 번째: 근접성(propinquity)- 무엇보다도 지리적으로 가깝고 자주 볼 확률이 높아야 한다.

두 번째: 매력(attractiveness)- 매력적이고 호감이 가야 한다.

세 번째: 사회적 배경(social background)- 종교, 직업, 교육, 사회계층 등 다양한 측면에서 사회적으로 유사한 배경을 가져야 한다.

네 번째: 의견 합치(consensus)- 상대방이 자신과 비슷한 가치관이나 태도를 갖고 있는지 여부이며, 특히 중요한 문제에 대해 의견이 합치되는지와 각자의 역할에 얼마나 일치하는지를 파악하는 것이다.

다섯 번째: 상호보완성(complementarity)- 우리는 유사한 사회적 배경, 가치관을 갖고 있는 사람을 원한다. 하지만 동시에 역설적이게도 내가 부족한 부분을 채워주는 나와 다른 사람을 원한다.

여섯 번째: 결혼 준비상태(readiness for marriage)- 무엇보다
도 타이밍이 중요하다. 자신이 만난 제일 좋은 사람
과 결혼하기보다는 결혼하려는 시기에 만난 사람과
결혼한다는 것이다.

Udry 배우자 선택 여과망 이론

배우자를 선택하는 과정에서 자신의 위치와 수준을 먼저 파악
해야 한다. 또한 타인의 이목에 이끌리지 말고 자신의 처지에 맞
는 선정 기준을 가족과 함께 미리 결정해 두는 것이 중요하다.

기본적으로 성장 과정에서 형성된 성격, 건강 상태, 생활 태도,
종교, 인종, 연령을 살펴보고, 추가적으로 가족관계, 재산, 사회
적 지위, 학력, 인생관, 가치관 등을 살펴봐야 한다. 이것을 평가
하는 우선순위는 자신의 위치와 수준에 따라, 또는 각자의 가치

관에 따라 달라질 수 있다. 다만, 부모는 자녀의 배우자 선정 기준을 너무 높게 잡아 자기 분수에 넘치는 것을 요구해 사돈 간에 서로 얼굴을 붉히는 일이 없도록 하는 것이 가장 중요한 것 같다.

　진정성 있고 올바른 결혼생활은 자기 욕구만 충족시키는 생활이 아니라 상대방의 가족 풍습 및 문화 등을 이해하면서 부족한 것은 서로 보완해 가며 보람되고 행복한 삶을 하나둘 채워 나가는 것이기 때문이다. 자녀 배우자의 공동 선정 기준을 미리 정해 두는 것의 가장 큰 장점은, 자녀가 배우자를 선정해서 결혼하겠다고 할 때 당황하지 않을 수 있고 결혼을 승낙하는데 부담을 덜어주는 좋은 매개체 역할을 한다는 것이다.

가정교육에 관심을 갖고 솔선수범(率先垂範) 하자

　부모의 생활 습관과 태도는 자녀의 가정교육에 지대한 영향을 미친다. 그러니 부모는 가정에서 자녀가 진선미(眞善美)에 대한 올바른 마음가짐을 갖도록 솔선수범(率先垂範) 하고, 이에 맞는 말과 행동을 보여 주는 것이 바람직하다. 자녀가 정서적으로 안정된 상태에서 성장할 수 있도록 가정 분위기를 만들어 주는 것이 부모의 몫이기 때문이다. 즉 과학적이고 논리적인 진실을 밝히는 마음인 진(眞), 도덕적으로 참다운 인간이란 무엇인지 고민하는 마음인 선(善), 자연의 아름다움과 그림이나 음악 등에서 우러나는 예술에 감동하는 마음인 미(美)를 진솔한 마음으로 받아들일 수 있도록 부모가 먼저 노력해야 한다는 것이다. 그러면서도 자녀와 편안하게 자주 대화하고 소통하며 생활하는 것이 좋다.

가족이란 테두리 안에서 자녀, 손자가 부모, 조부모와 함께 생활하며 보고 듣고 피부로 느끼는 곳이 가정이다. 가장 가까운 혈연관계에 속한 사람들이 모여 사는 가정은 자녀에게 가장 소중하고 아름다운 인간관계를 자연스럽게 형성시켜 준다. 학교에서 배우기 힘든 인간적이면서 정서적인 감정을 편안하고 안락한 분위기 속에서 자연스럽게 배울 수 있다. 틀에 박힌 공동체 생활과는 달리, 가정에서 배우는 인성교육은 사회에 진출해서 만나게 되는 다양한 사람들과의 소통과정에서 물질적인 면보다 사람이 먼저라는 인간적인 면을 생각하게 만들어 준다. 그래서 가정교육은 중요하다. 인간관계에 있어서 부드럽고 편안한 관계를 유지해 주는데 매우 유용하게 작용하기 때문이다.

부모가 자녀에게 "공부 잘해라.", "좋은 대학에 가야 한다."라고 심하게 강요하거나 지시하는 것은 내 문제가 아닌 자녀의 문제에 너무 깊숙이 개입하는 것이기 때문에 자녀가 반감을 가질 수 있다. 그러므로 부모는 가능한 공부를 잘해 좋은 대학을 갈 수 있는 가정 분위기를 조성해 주고, 포기하지 않고 열심히 노력하면 그 노력만큼 성과를 얻을 수 있다는 것을 지도·격려해 주는 것으로 만족하는 게 좋다고 나는 생각한다.

예를 들어 나는 내 딸이 공부하는데 필요한 자료와 장소 등을 제공해 주었지만, 이 자료와 장소 등을 활용할 것인지 말 것인지는 내 딸이 선택할 몫으로 남겨 주었다. 즉 나는 내 딸이 스스로 자신감을 갖고 자신의 진로 문제에 대해 주변 사람들의 의견을 듣고 결정하도록 지원해 주고 곁에서 가만히 어깨동무를 해주며 힘이 되어 주는 것만으로 만족했다는 것이다. 내 딸이 내가 원하는 성적을 얻지 못하고 대학에 진학하지 못하고 직장을 가지지 못하였을 때는 내 주변 사람들에게 말도 제대로 하지 못했다. 한동안은 무척 화가 나서 견딜 수 없었으나, 이것도 잠시뿐이라는 것을 나이가 들어가면서 확실하게 알게 되었다.

부모는 자녀를 믿고 자녀는 부모를 믿고 따를 수 있는 가정 분위기를 만들어 가는 것이 좋다. 가정이란 울타리 안에서 서로 신뢰와 믿음을 갖고 기본적인 예의나 품성을 배워야 한다. 즉 가정에서 가족 구성원이 기본적으로 지켜야 할 원칙을 세우고 이 원칙 내에서 자녀가 자율적으로 행동할 수 있도록 어른들이 지도하고 격려해 주는 것이 바람직하다는 것이다.

그러나 좋은 말 백 번 하는 것보다 올바른 행동 하나를 부모가 먼저 보여주는 것이 자녀 교육에 훨씬 효과적이다. 또한 부모는 자녀를 훈육할 때 꺼낸 말에 책임을 져야 한다. 그리고 말과 행동이 일치하도록 솔선수범하는 자세를 보여 주는 것이 중요하다. 그래야 자녀는 부모의 말과 행동을 보고 들으면서 진정 참다운 인간으로 성장해 나갈 수 있는 것이다.

가정을 피난처로 생각할 수 있도록 분위기를 조성하자

아이들이나 부모가 집 밖에서 힘든 일이나 어려운 일을 겪어도 집으로 돌아오면 편안함과 안도를 느낄 수 있도록 집안 분위기가 조성되어 있어야 한다. 거기에 밖에서 일어난 일은 잊어버리고 생활할 수 있도록 가족끼리 따뜻한 감정으로 보듬어 준다면 아무리 힘들고 어려운 일이 있었더라도 곧 사라질 것이다. 이처럼 자녀가 가정을 피난처이자 편안한 생활 터전으로 인식하고 생활할 수 있도록 만드는 것은 부모가 먼저 나서서 행해야 한다. 자녀를 낳는 것도 중요하지만, 아이들이 집을 화목하고 행복한 곳으로 인식하도록 만드는 것도 부모의 책임이기 때문이다.

특히 사춘기 또는 성장기에 있는 자녀에게 가정은 매우 중요하다. 학교에서 친구들과 다투거나 선생님으로부터 꾸지람을 듣는 경우가 많은데, 집에 오자마자 공부 얘기를 하면 대답하기 귀찮고 마음이 편하지 않아 대화 분위기가 조성되지 않는다. 자녀의 마음을 헤아려 주지 않고 공부하라는 말만 하는 부모에게 자녀가 마음을 털어놓고 얘기할 것이라 바라는 것은 허황된 꿈을 꾸는 것이다.

자녀는 집에 돌아오면 편히 쉬고 싶고 놀고 싶어 한다. 이런 자녀에게 학습 성취를 위주로 대화하려고 하는 것은 집보다 친구네 집에 가서 노는 것이 낫다는 생각을 들게 하고 집에 일찍 오는 것을 꺼리게 만든다. 그러므로 학교에서 돌아와 집에 도착하면 따듯하고 편안한 분위기라고 아이들이 느낄 수 있도록 가정분위기를 만드는 것이 중요하다. 그러면 자녀는 정서적으로 안정된 사람으로 성장하게 되고 남을 배려할 줄 아는 마음이 저절로 움트게 되는 것이다.

가정이란 울타리 안에서 생활하는 가족 구성원 전체가 스스럼없이 대화를 할 수 있도록 같이 노력하는 것이 좋다. 서로 바쁜 시간을 피해 가능한 정기적으로 대화하는 날을 정하고 꾸준히 실행하는 것이 바람직하다. 그러나 학교, 가정, 직장일 등으로 일정을 맞추기 어려울 때는 이런 편안한 시간을 만들 수 있도록 각자 아이디어를 꺼내는 등의 노력을 해야 한다. 부부 또는 부자지간에 최소한 한 달에 한 번 정도는 깊고 폭넓은 대화를 갖도록 만드는 것이 중요하다.

만약 가족 간에 나쁜 감정을 담아 대화하게 되면 서로에게 오고 간 말이 씨앗이 되어 서로 말도 하지 않고 왕래도 하지 않게 된다. 그래서 가까운 친구나 이웃보다 못한 경우가 있는 것이다. 가까운 친구나 이웃과는 생활 습관이나 환경이 달라 그러려니 하고 쉽게 화해해서 가끔 식사하고 운동도 하지만, 정작 가족끼리는 식사하기도 꺼려하게 되는 것이다. 정말 슬프고 안타깝지만 이런 가족 간의 갈등은 주변 사람에게 허심탄회(虛心坦懷)하게 말도 못하고 가슴앓이하면서 살아야 한다. 가족들은 서로가 서로의 속사정을 너무나 잘 알기 때문에 한번 뒤틀리면 처음 상태로 되돌리기가 쉽지 않다. 그래서 대화가 끊기고 만나기도 점점 어려워지게 되는 것이다.

따라서 부모는 자녀가 가정에서 편안하고 행복하게 가족과 대화를 나눌 수 있도록 집안 분위기를 조성해 나가야 한다. 이것은 부모가 겪어야 하는 운명의 굴레인 것이다. 가정은 가족 구성원 모두에게 피난처이고, 생활의 터전이며, 피양육자가 편안한 곳으로 느낄 수 있도록 서로 포기하지 말고 버텨내야 한다고 생각한다.

가족 간 대화를 통해 공동 취미생활을 찾아보자

우리가 가장 오랜 시간을 함께 보낼 사람은 직장동료나 이웃이 아니라 내 가족이다. 가능한 친절하고 쾌활한 어조로 부부(夫婦), 부자(父子), 친인척 등 가족 간 대화를 통해 공동 취미 또는 문화생활을 찾아 공감대를 자연스럽게 형성해 나가는 것이 좋다.

살다 보면 자신, 가족, 직장, 사회 등 여러 방면에서 의견이 갈려 의사결정을 하는데 고민을 많이 하게 된다. 그러나 우리는 삶 속에서 한 가지만 선택해 실천해야 하는 경우를 꽤 자주 마주하게 된다. 가족과 함께 즐겁고 행복한 시간을 많이 보내고 싶고, 직장에도 충실하며, 자신의 길을 떳떳하고 당당하게 걸어가고 싶은 것이다. 하지만 2~3개의 일을 동시에 할 수 없기 때문에 중요한 것 하나만 선택해야 하고, 나머지 일은 상대방의 이해를 구하며 살아야 한다. 우리가 주변 여건을 잘못 판단하여 의사를 결정하는 순간, 어느 것 하나 제대로 처리하지 못하고 여기저기서 구박만 받는 경우가 많으므로 심사숙고하여 결정을 해야 한다.

대부분 가족과 함께 대화하는 시간은 직장 동료와 대화하는 시간보다 훨씬 적고, 취미 또는 문화 활동 역시 마찬가지이다. 그러다 보니 어쩌다 가족끼리 여행을 떠나게 되면 관광지, 먹거리, 일정 등을 결정하는 과정에서 사소한 의견 차이로 서로 얼굴을 붉히고 싸워서 즐거운 여행을 하지 못하고 감정만 상한 채 집에 돌아오는 경우가 꽤 있다. 평상시 대화를 통한 의사소통이 부족하고, 각자의 취향에 따라 취미 활동이 다르다는 것을 서로 이해하지 못해 생기는 불상사이다. 그래서 삶이란 아슬아슬한 돌다리를 건너는 것보다 어렵다는 것이다. 살면서 자신, 가족, 직장 사이에서 균형감각을 잡고 살아가는 것이 얼마나 어렵고 힘든 일인지 잘 알려주는 사례가 있다.

중국 상하이에서 초등학교 3학년 남학생과 아버지 사이에 일어난 얘기이다.

어느 날 초등학생 아들이 주말에도 쉬지 않고 일하는 아버지에게 "아빠는 하루에 얼마나 벌어요?"라고 물었다. 그러자 아버지는 "그건 알아서 뭘 해?" 하면서 "30위안밖에 못 번다."라고 대답했다.

그 후 한 달이 지난 토요일 아침에 출근하는 아버지를 아들이 막아서며, "잠깐만요! 오늘 하루만 제가 아빠를 고용하면 안 돼요?" 하고 물었다. 아들은 주머니에서 20위안 지폐 두 장을 꺼내더니 아버지 손에 쥐여 주었다. 아들은 이 40위안을 모으기 위해 한 달 치 학교 급식비를 내지 않고 매일 점심에 만두 두 개만 먹으며 버텼다.

그렇게 아들은 30위안으로 아버지를 사고, 나머지 10위안으로는 공원 입장권과 아버지와 같이 먹을 도시락 하나를 사려 했다는 기사가 중국 베이지 저널에 실렸다. 이 기사는 부자지간에 즐겁고 행복한 대화를 나누며 공동 문화생활 또는 취미 생활을 할 수 없는 빡빡한 현실을 고발했고, 많은 중국인의 마음을 먹먹하게 만들었다.

우리도 다를 바 없다. 물질적인 부분에서 차이야 있겠지만, 실생활 속에서 겪는 유사한 사례는 많이 있을 것이다. 국가가 성장하고 발전하면서 각 지역마다 복지시설을 많이 확충하고 예산 지원도 종전보다 잘 이루어지고 있다. 그래서 가족끼리 의사소통만 잘 되면 어학, 취미, 예술, 운동 등 다양한 프로그램을 통해 공동의 취미 활동이나 문화 활동을 함께 할 수 있는 여건이 잘 마련되어 있다. 이런 문화관, 복지관, 행정복지센터 등을 우리가 잘 활용한다면 저렴한 가격으로 가족이 함께할 수 있는 소일거리나 공통된 취미 또는 문화생활을 찾을 수 있고, 행복하고 즐거운 가정 분위기를 만들어나갈 수 있다고 생각한다.

2장
삶의 안내자 및 경제적 자립심 배양

자녀의 삶을 이끄는 안내자로서 지도·격려하자

한국전쟁 당시 인천상륙작전을 지휘해서 성공한 더글러스 맥아더 장군이 자기 아들을 위해 올린 기도문을 음미해 보면서 내 자식의 삶을 올바른 방법으로 지도하고 격려해 주고 있는지 생각해 본다.

저의 자식을 이러한 인간이 되게 하소서.

약할 때 자기를 잘 분별할 수 있는 힘과 두려울 때 자신을 잃지 않을 용기를 가지고, 정직한 패배에 부끄러워하지 않고 태연하며, 승리에 겸손하고 온유할 수 있는 사람이 되게 하소서.

그를 요행과 안락의 길로 인도하지 마시고 곤란과 고통의 길에서 항거할 줄 알게 하시고, 폭풍우 속에서도 일어설 줄 알며, 패한 자를 불쌍히 여길 줄 알도록 해 주소서.

그의 마음을 깨끗이 하고 목표는 높게 하시고 남을 다스리기 전에 자신을 다스리게 하시며 미래를 지향하는 동시에 과거를 잊지 않게 하소서.

그 위에 유머를 알게 하시어 인생을 엄숙히 살아가면서도 삶을 즐길 줄 아는 마음과 자기 자신을 너무 드러내지 않고 겸손한 마음을 갖게 하소서.

그리고 참으로 위대한 것은 소박한 데에 있다는 것과 참된 힘은 너그러움에 있다는 것을 항상 명심하도록 하소서.

부모와 자녀의 관계는 하늘이 맺어준 인연으로 바꿀 수도 없고, 내가 부모가 아니라고 우긴다고 해서 부모가 되지 않는 것도 아니다. 또한 부모 역할을 하기 싫다고 그만둘 수도 없는 것이다. 부자지간은 끊을 수 없는, 오직 하나뿐인 혈연관계이기 때문이다.

부모가 자녀에게 평소 행동으로 보여주거나 말하는 것 전부 성장하는 자녀의 정신적·심리적·정서적인 측면에 많은 영향을 미친다. 부모가 자녀의 삶을 이끄는 올바른 안내자가 되기 위해서는 먼저 자신의 말과 행동에 자녀가 신뢰를 가질 수 있도록 솔선수범해야 한다. 그리고 세대 차이를 채울 수 있도록 시대의 흐름에 맞는 공부도 열심히 해둬야 한다. 자녀들의 삶에 끊임없이 관심을 가지고 귀를 기울이며 삶의 동반자로서 믿음과 신뢰를 주는 것이 매우 중요하다.

만약 부모가 자신의 희생을 각오하면서까지 책임지고 자녀를 길러낼 자신이 없거나 자녀의 삶을 이끄는 안내자로서 모범이 될 수 없는 여건이라면, 어설프게 지도·격려하는 것보다 가만히 지켜보는 것이 훨씬 낫다. 자녀의 삶은 자녀가 스스로 자신이 처해 있는 현실과 시대에 맞게 스스로 적응해 나가면서 직접 체험하고 느끼며 살아가는 것이기 때문이다. 즉 삶에는 왕도도 없고 완벽한 스승도 없다는 것이다.

결국 부모의 지나친 기대와 과보호로 완벽한 삶을 유도하는 것은 바람직한 안내자 역할이라 할 수 없으며, 자녀의 일상생활에 너무 무관심하거나 방임하여 무절제한 삶을 살도록 방치하는 것 역시 결코 좋은 부모라고 할 수 없다.

자녀가 스스로 자신의 삶의 목표와 의의를 생각해 보고 자신감 있게 인생을 이끌어 갈 수 있도록 지도·격려해 주고 방향을 잡아 주는 것은 부모가 당연히 해야 할 일이다. 이런 좋은 안내자 역할을 제대로 잘하고 싶은 부모라면 참되고 올바른 삶에 대한 전문가가 될 수 있도록 지속적으로 연구하고 공부하려는 자세가 필요하다. 부모가 이런 노력을 아끼지 않으면, 자녀는 그런 부모의 말과 행동을 보고 들으면서 스스로 자신의 개성과 적성에 맞는 전공과 직업을 선택하고 올바른 가정을 꾸려 자식을 낳고 행복하고 즐거운 삶을 살아갈 것이기 때문이다. 나는 이런 삶의 태도야말로 부모와 자식의 바람직한 생활 태도라고 생각한다.

어설픈 질책이나 방향 제시는 하지 말자

　부모라면 자녀 앞에서 상대방을 배려해 주고 상대방의 말을 들어주는 자세를 보여주는 것이 바람직하다. 남편은 아내의 입장에 서서 그 마음을 이해하고 들어주며, 아내는 남편의 입장에 서서 남편을 헤아려 주고 들어주는 행동을 자녀들에게 직접 보여주는 것이 좋다는 것이다.

　부모가 상대방을 배려하고 상대방의 말을 들어주는 것을 보고 배운 자녀는 자기중심적인 사람이 되지 않는다. 반면에 자신을 최우선으로 생각하고 타인의 마음을 헤아려 주거나 들어주지 않는 부모의 행동을 보고 자란 자녀는 자기중심적인 사람이 되기 쉽다. 자기중심적으로 자란 자녀가 부모가 되면 타인을 배려하고 타인의 말을 들어주려는 마음이 없어 주변 사람들을 불행하고 불편하게 만들기 쉽고, 가정 또는 사회적으로 문제를 일으킬 가능성도 높아지는 것이다.

　부모자식 간에는 미묘한 세대 차이가 있다. 자녀는 어떤 면에서는 부모를 존경하거나 선망의 대상으로 보지만, 또 다른 면에서는 부모를 무시하고 질투의 대상으로 본다. 그래서 부모·자식이 함께 살다 보면 세대 차이 때문에 건너지 못하는 벽이 생기게 되는 것이다. 특히 자녀가 아버지와 어머니에게 느끼는 감정은,

부모가 생각하는 것과 사뭇 다르다는 것을 아는 것이 중요하다.

아버지는 돈을 벌기 위해 집 밖에서 생활하는 경우가 많은데, 아이들은 그런 모습을 보고 아버지가 자기만의 생활을 하는 것으로 느낀다. 어머니는 집 안에서 밥해주고, 옷을 입혀주고, 빨래해주며 이것저것 챙겨주기 때문에 포근하고 안정감을 준다고 느끼는 경우가 많다. 최근에는 부모가 모두 직업을 가지고 생활하거나 반대인 경우도 간혹 있다. 어느 쪽이든 이런 세대 차이가 있기 때문에 부자지간에 소통할 때는 자녀의 감정을 감안하여 아주 조심스럽게 접근해야 부드러운 대화가 가능한 것이다.

세대 차이의 벽을 넘어보고자 부모는 부드럽게 대화를 시작하지만, 대부분의 부모는 자녀의 입장에서 생각하고 배려하며 들어주기보다 자신의 경험을 토대로 한 훈계를 주로 많이 한다. 불확실하고 불명확한 사실에 대해서도 어설프게 질책하거나 아이들의 감정을 배려하지 않는 방향으로 제시함으로써 자녀들이 반항하는 것으로 끝나기 십상이다. 그 결과 소통은 더욱 어려워진다.

다행히도 자녀가 일찍 철이 들어 부모가 생존해 있을 때 이전에 나눴던 대화를 이해하고 부모 마음을 알아준다면 그나마 행복한 삶을 살고 있는 것이다.

따라서 부모는 가능하면 자녀의 얘기를 많이 경청해 주고 훈계는 확실하고 명확한 것으로만 한정하여 적게 말하는 것이 가정의 평화를 유지하는 좋은 방법일 것이다.

자녀의 한계를 뛰어넘는 선택을 강요하지 말자

자녀에 대한 기대가 크면 클수록 실망도 깊어지는 법이다. 부모의 지나친 기대는 자녀에게 도리어 부담을 안겨 삶의 방향을 잘못 선택하게 만들 수 있다. 자녀가 부모의 눈치를 보지 않고 자기 스스로 대학이나 전공 또는 직업을 선택하고 판단할 수 있는 능력을 키워 주는 것이 좋다. 그래야 자녀는 스스로를 책임지는 독립된 인격체로 자라고, 자신의 정체성을 확립하여 스스로 이끌어 나가게 되는 것이다. 자녀는 부모에 의해 이 세상에 나왔지만 부모와는 별개의 독립체이다. 부모는 자녀의 개성, 능력과 한계를 뛰어넘는 성적을 받길 바라거나 대학, 직장을 선택하도록 강요하지 말고 독립된 인격을 갖춘 사람으로서 어떤 생활양식을 갖고 어떻게 살아가고 있는지 관심 있게 지켜보면서 잘못된 길로 빠지지 않도록 올바른 길로 유도해 주면 된다.

어떤 평범한 고등학생이 반에서 10등 안에 들었다. 부모는 어느 정도 사회적 지위와 재산이 있어 족집게 과외 등을 무한정으로 지원해 줄 수 있는 형편이었다. 부모는 자신의 대외적인 위신 때문에 자녀에게 무리한 요구를 하기 시작했다. 의사 또는 판사, 변호사, 국가고시에 합격할 수 있는 학과와 대학에 지원할 것을 무리하게 요구하면서 명문 학원과 족집게 과외 등을 시키기 시작한 것이다. 학생은 자신의 실력이나 적성에 맞지 않지만 부모가 시키자 수동적으로 학원 등을 다녔다. 그러나 이런 경우 공부와는 관계없는 분야에 관심을 갖고 시간만 때우다가 허송세월을 보내게 된다. 결국 자녀는 부모가 원하는 학교나 학과에 들어가지 못하고, 부모가 원하는 직업 역시 가질 수 없게 된다. 최종적으로 자기 삶을 주도적으로 이끌어가지 못하는 수동적인 사람으로 성장하게 되는 것이다.

자녀의 학업 성취도에 대한 부모의 기여도는 예상외로 훨씬 적다. 부모가 자녀에게 아무리 공부를 잘해야 한다고 주문해도 실천되지 않는 경우가 많다. 공부만큼은 자녀가 스스로 마음가짐을 갖고 노력해야 하는 것이다. 그러니 부모는 자녀가 공부할 수 있는 분위기를 조성하고 공부의 필요성을 강조하는 것 이외에는 어깨너머로 지켜보는 것으로 만족하는 것이 좋다. 자녀의 삶에 관심을 갖는 것은 좋지만, 어디까지나 조언자이자 협력자의 범위를 벗어나지 못하므로 무리한 요구와 행동을 취하는 것은 바람직하지 않다. 자녀의 문제에 너무 깊이 관여하게 되면 청소년기의 민감한 감정을 건드려 부모와 자녀의 사이만 더 멀어지게 되는 것이다.

경제적 자립심을 키우도록 가르치자

　정신적·정서적·사회적인 측면만큼이나 우리가 살아가는데 중요한 것 중 하나가 물질적인 재원인 돈이다. 자신의 위치에 맞게 품위를 유지하며 여유로운 생활을 보내기 위해서는 기본적인 돈을 가지고 있는 것이 좋다. 그래야만 기본적인 의식주를 해결하고 취미활동, 자기 계발, 외식, 품위 유지, 국내외여행, 병원비 등을 타인이나 가족에게 의존하지 않고 필요한 곳에 사용할 수 있다.

　자신의 종교 또는 취향으로 인해 자연 속에서 은둔 생활하는 사람을 제외하고는 사회 활동할 때 반드시 돈이 필요하다. 스스로 경제적으로 독립하여 모든 일을 추진해 나가기 위해서는 돈을 잘 벌거나 재투자를 잘해서 경제적 기반을 마련해둬야 한다. 그리고 이것보다 더 중요한 것이 바로 보유하고 있는 주택, 토지, 현금, 주식, 귀금속 등의 물질적 재원을 잘 관리하는 습관이다. 수입이 100원이면 80원은 쓰고 20원은 예비비로 저축하는 습관을 생활화하는 것이 좋다. 항상 수입대비 지출에서 단돈 1원이라도 통장에 남기는 습관을 가지는 것이 바람직하다. 왜냐하면 돈은 주변 사람에게 피해와 부담을 주지 않으면서 자신의 자아를 실현하고 목표를 성취해 나가는데 매우 중요한 도구이기 때문이다.

　가정이 유복하든 가난하든 간에 자녀가 초등학교 또는 중·고등학교 시절부터 경제적으로 독립하고 자립할 수 있는 마음가짐을 가질 수 있도록 가르쳐 주는 것이 좋다고 생각한다. 특히 고등학교를 졸업하면 부모가 물려준 재산이나 부모가 지원해 주는 자금으로만 의지하며 생활하겠다는 무책임하고 게으른 마음가짐을 갖지 않도록 자녀의 경제적 자립심을 키워주는 것이 바람직하다. 부모의 생명도 한정되어 있어 자녀를 무한정으로 돌봐줄 수 없기 때문이다. 또한 자녀도 언젠가는 성년이 되어 결혼을 하게 되고, 경제적으로 독립해서 자신뿐만 아니라 자신이 낳은 자녀를 키우고 가족 구성원들의 의식주를 해결해 나가야 하기 때문에 경제적 자립심은 반드시 필요하다.

그래서 나는 딸이 청소년이던 시기부터 고기를 먹여 주는 것이 아니라 고기를 잡는 방법을 가르치려고 노력했다. 경제적 자립을 위해 대학생인 내 딸에게 주문했던 것은 공부를 잘해서 장학금을 받거나 아르바이트 등을 해서 학비를 보태라는 것이었다. 자기가 쓰는 용돈은 저축이나 착한 일을 해서 받은 돈 등으로 일부 충당하도록 유도하고, 가정에서 배우지 못한 경제적·사회적 책임에 관한 것들은 학교나 사회, 또는 책 속에서 답을 찾아가도록 노력해야 한다고 가르쳤다.

인간은 특별한 경우를 제외하고는 사회적 활동을 하면서 살아야 한다. 이는 필연적이고 피할 수도 없다. 이런 사회적 활동에서 일어나는 모든 일은 돈과 직·간접적으로 연결되어 있다.

우리는 돈을 경시해서도 안 되지만 돈의 노예가 되어서도 안 된다. 자본주의 시대는 사회 전체가 물질 만능주위로 팽배해 있어, 잘못하면 돈의 노예가 되어 돈만 쫓아다니는 꼴 사나운 사람으로 변질되기 쉽다. 돈을 너무 좋아하거나 돈에 미쳐 돈이 되는 것이라면 자신의 자존심도 버리고 물불 가리지 않는 행태는 보이지 말아야 한다. 어디까지나 자신의 위치에 맞게 품위를 유지하면서 자존심을 스스로 지켜나갈 수 있는 필요한 돈을 확보하고 있어야 하는 것이다.

돈에 구애받지 않고 자유롭게 생활할 수 있도록 평상시 근검절약하는 자세를 갖추는 것도 중요하다. 돈을 저축하고 관리하는 생활 습관이 몸에 익도록 인내와 끈기를 가지고 꾸준히 노력을 해야 한다.

자신과 부모의 노력에 의한 결과물 구분하기

자본주의 세계에서는 돈을 많이 벌어서 자신이 하고 싶은 것을 마음껏 할 수 있게 만들어야 한다는 물질 만능주의가 사회 곳곳에 팽배해 있다. 돈을 많이 가지고 자유롭게 생활하는 것이 나쁜 것은 아니다. 하지만 타인에게 부담과 피해를 주면서까지 과하게 과시하거나 눈총을 받는 행동을 하는 것이 좋지 않다는 것이다.

예를 들어 자신이 땀을 흘려 노력해서 번 돈도 없으면서 부모가 근검절약해 일궈낸 돈을 무분별하게 낭비하는 추태를 들 수 있다. 고급 승용차를 타고 용돈을 물 쓰듯이 하는 행동, 고급스럽고 요란스러운 옷차림으로 번화가를 활보하는 오렌지족, 유흥가에서 수백만 원짜리 양주를 마시며 떠도는 행위, 지나친 취미 활동, 불필요한 과소비 행태 등이다. 이런 행위는 삶의 가치나 정신적 풍요를 누리는 것이 아니라 물질적 풍요와 삶의 빈곤 속에 허덕이는 몰지각한 행위이다.

우리는 지나친 물질적 풍요로 인해 나태해지고 거만해지는 것보다 적당한 결핍과 부족함 속에서 삶의 가치와 의미를 느끼며 사는 것이 좋다. 왜냐하면 부족하고 모자란 면을 채워 나가기 위해 조금 더 부지런해지고 검소해지면서 타인을 겸손하게 대하는 자세를 배울 수 있는 좋은 기회가 생기기 때문이다. 땀을 흘리며 인고(忍苦)의 노력 끝에 얻게 되는 돈의 가치를 배우고 자신의 삶을 깨우쳐 나가는 것이 훨씬 나은 생활 태도인 것이다.

평상시 의식주에 필요한 재원을 확보하기 위해 자신의 전공 분야에만 치우치지 말고 경제 흐름과 재테크에도 관심을 가지고 생활하는 것이 좋다. 경제적 지식과 경제 흐름에 대해 분석하고 판단하는 기술을 배우는 것은 하루아침에 이루어지는 것이 아니기 때문이다. 매일 반복적으로 국내외 경제 관련 기사를 인터넷,

경제 신문 또는 잡지 등을 통해 눈여겨보고 여윳돈을 재테크할 수 있는 분야를 열심히 찾아 나서야 한다. 한편으로는 주변 사람들의 경제적 성공담을 눈여겨보고 귀담아들으며 장·단기 경제 흐름을 분석하고 판단하는 훈련을 끊임없이 해 나가야 한다.

그래야만 지금보다 더 나은 경제적 생활 여건 속에 자유롭게 자기 계발과 취미활동을 할 수 있고, 자신의 목표를 원하는 시기에 달성하여 올바르고 참다운 삶의 목표인 자아실현을 수월하게 이룰 수 있게 된다. 또한 한 가족을 책임지는 부모로서 경제적 여유를 가지고 즐겁고 행복한 가정을 이끌어 갈 수 있는 지름길이 생기게 되는 것이다.

나는 내 딸에게 자신의 노력으로 만든 것과 부모의 노력으로 만든 것을 구분할 줄 알도록 평상시 경제교육을 시켜왔다. 우리 가족이 거주하고 있는 집은 우리 집이 아니라 아빠 또는 엄마의 집이라는 것을 명확히 구분하도록 알려주었다. 자기 집을 마련하기 위해서는 열심히 경제적 활동을 하고 씀씀이를 줄여 근검절약해야 한다는 것을 가르쳤다. 월수입 내에서 생활비와 교육비를 쓰고 적은 돈일지라도 가능한 통장에 저축할 수 있도록 지출 계획을 세워 생활할 것을 주문하기도 했다. 여윳돈이 어느 정도 모이면 목돈 마련을 위해 정기예금, 부동산, 증권 또는 채권 등에 분산 투자하는 방법 등을 통해 재테크하면서 경제적 자립심을 스스로 갖춰 나갈 것을 적극 유도하였던 것이다.

3장
자신의 성장 발전 및 노후 대책 수립

성장을 위한 자기 개발 프로그램 적극 참여하기

청소년 시기에는 크고 작은 희망과 꿈을 꿔야 한다. 그리고 열정적으로 노력하고 도전하고 어려움에 맞서면서 살아가야 하는 것이다.

중년 시기에는 그동안 배운 것을 잘 활용하여 부모로서 경제적·사회적 위치와 기반을 구축해 나감과 동시에 가정을 편안하고 행복하게 이끌어 나가야 한다. 더불어 자기만족과 자아 성취를 추진해 나가는 것이다. 그러기 위해서는 직장에서 제공해 주는 자기 계발 교육프로그램에 관심을 갖고 적극적으로 참여하는 것이 좋다. 자신의 성장과 발전을 위해 관련 전문 서적을 찾아보는 것은 물론이고 경영과 재무, 인문학, 교양서적 등을 한 달에 두세 권 이상 폭넓게 봐야 한다. 지식을 습득한 것으로 만족하지 말고 이를 업무나 일상생활에 적절히 반영하여 한 가지라도 잘 활용할 줄 알아야 더 나은 생활을 유지하면서 살아갈 수 있다. 그래야 승진 기회도 포착할 수 있고 자신의 목표도 하나둘 성취해 나갈 수 있는 것이다.

현대 사회는 시간 단위로 빠르게 변화하는 정보화 시대이므로 과학과 정보통신, 융·복합 기술 등이 급속하게 변하고 있다. 우리가 급변하는 시기에 새로운 정보와 지식을 모두 기억한다는 것은 불가능하다. 따라서 나이에 관계없이 배움에 대한 열정과 열린 자세를 항상 간직하고 있어야 하며, 21세기의 시대변화에 맞춰 필요할 때마다 마음속 깊이 새겨놓은 열정과 열린 자세를 꺼내서 잘 활용해야 한다. 그래야만 자신의 본업에 집중하면서도 휴식시간 또는 여유시간을 만들어 자신만의 시간을 가질 수 있다.

또한 자신의 업무와 관련된 새로운 정보는 책, 인터넷, 각종 미디어 등을 활용하여 짧은 시간에 입수할 수 있도록 정보 수급처를 잘 물색해 두는 습관을 갖는 것도 좋은 생활 태도이다. 이때 단기적으로 성과를 내야겠다는 생각보다는 중·장기적으로 활용하겠다는 생각을 갖는 것이 바람직하다. 또한 여유로운 마음을 가지고 배움의 기회가 오면 놓치지 말고 과감히 실천으로 옮기는 자세가 필요하다. 즉 배움의 기회는 반드시 찾아온다는 확실한 신념과 자신감을 갖고 언제든지 공부하겠다는 자세로 생활해야 한다는 것이다.

자기 계발 프로그램 계획을 수립할 때는 자신의 본업에 지장을 주지 않는 범위 내에서 실현 가능하고 구체적인 목표를 설정하여 계량화해 나가는 것이 좋다. 이런 목표치와 실행 정도를 정리해 세부적으로 관리할 수 있도록 잘 보이고 수시로 확인·점검할 수 있는 곳에 비치해 놓도록 한다. 자신의 성장과 발전을 위한 교육 프로그램 선택은 본업과 관련된 전문분야뿐만 아니라 평생학습에 도움이 되는 취미생활, 놀이문화, 동기부여, 좋아하는 관심 분야 등을 모두 포함하는 것으로, 이를 관리하는 습관을 갖추도록 노력하는 것이 바람직하다. 그리고 평생학습을 계획할 때는 필요한 분야에 매일 일정한 학습 시간을 만들어 지속적으로 투자하는 자세도 필요하다. 필요한 경우에는 휴가를 내거나 한가하고 여유로운 시간에 맞춰 세미나, 무역박람회, 평생교육 프로그램 강좌 등에 참석하는 것도 좋은 방법 중 하나라고 생각한다.

퇴직 후의 소일거리를 열정적으로 찾아 두자

나는 40대가 되어 살아가던 어느 날 내 삶이 후반기에 접어들었다는 느낌을 가졌다. 그래서 현재까지 겪어 온 경험과 지식을 바탕으로 지금부터 새로 태어나는 기분으로, 한 살부터 다시 내 삶을 시작한다는 생각으로 살아 보기로 했다. 그래야만 내 삶의 전반기에 부족하고 아쉬웠던 일들을 후반기에 채워 나갈 수 있겠다고 생각했던 것이다.

먼저 내 주변 여건을 변화시켜 나가야 내가 평상시 하고 싶었던 일을 하나씩 실천해 나갈 수 있다는 것을 알았다. 즉 최우선으로 경제적·사회적·정서적으로 현재 내 위치를 정확히 파악하고, 10년 내지 20년 이내에 주변 여건을 내 수준에 맞게 변화시키면서 실현 가능한 소망을 하나씩 정리·분석해서 행동으로 옮겨 나가기로 결심했던 것이다.

예를 들어 어려운 청소년 시기에 기본적인 영어 실력을 닦아놓지 못한 것을 중년 시기인 지금부터 유치원생, 초등학생 수준의 기초 영어로 시작하여 중학생, 고등학생 수준까지 발전시켜 20년 후, 퇴직한 다음에는 자유롭게 해외여행을 할 수 있도록 실생활 영어를 매일 조금씩 준비해 나가기로 한 것이다.

또 하나는 경제적 여유를 갖춰서 노후에는 원하는 취미생활과 국내외여행 등을 자유롭게 즐길 수 있도록 근검절약하고, 저축하거나 부동산 또는 증권투자 등을 통해 필요한 재원을 마련해 나가기로 했다.

그리고 휴식 시간이나 여유시간을 활용하여 올바르고 참다운 삶을 찾을 때 정신적·정서적으로 도움이 되는 다양한 교양서적을 찾아 읽는 독서 습관을 통해 새로운 세상에 뛰어드는 방법과 소일거리를 찾았다.

부모에게 보호받으면서 생활해 온 청년 시절은 학업과 취업, 배우자 결정 등과 관련한 삶의 목표를 설정하고 이를 원하는 시기에 성취할 수 있도록 기반을 확보하기 위해 열심히 노력해야 하는 시기이다.

중년 시절은 결혼으로 가정을 얻고, 가정을 이끌어 가야 하는 부모로서 자녀의 교육 문제와 평온한 가정 분위기를 만들기 위한 재정적 기반을 확보해야 한다. 동시에 자신의 위상을 높이는 승진, 자아 성취, 자기 계발 등 많은 과제를 지혜롭게 해결해 나가야 하는 시기이기도 하다. 더불어 노후를 즐겁고 아름답게 보내기 위한 건강관리, 소일거리 창조, 자연과의 조화, 아름다운 마무리 등의 목표를 설정하고 열정적으로 준비를 해 나가야 한다. 이런 열정은 자신의 삶을 성공적으로 이끌어가는 씨앗이 되고, 목표를 달성하는 밑거름이 되는 것이다.

이 모든 과정은 보통 평범하고 소박한 사람이 편안하고 행복한 가정을 만들기 위해 반드시 거쳐야 하는 통과의례인 것이다.

평범하고 소박한 삶을 추구하는 나는 한 가족의 가장으로서 나 자신의 문제뿐만 아니라 가정, 직장, 사회, 친구 등과 관련하여 산적해 있는 수많은 도전과제를 잘게 쪼개 내 수준에 맞게 해결해 나가는 방법을 스스로 찾아나섰다. 서두르지 않고 천천히 준비해 나가면서 단기적인 계획과 중·장기적 계획을 수립하여 작은 것을 하나씩 행동으로 옮겨 나가기로 결심했던 것이다. 또한 앞으로 다가올 퇴직을 염두에 두고 퇴직 후에 맞이하는 많은 자유 시간을 슬기롭게 소일할 수 있는 방법도 열정적으로 찾아두기로 했다. 그래야만 아름다운 노후를 편안하고 자유롭게 보낼 수 있는 바람직한 길을 만들어나갈 수 있다고 생각한 것이다.

노후 대책 계획과 실행 여부를 확인 점검하자

현대 사회는 새로운 정보와 첨단기술이 눈 깜짝하는 순간에 무수히 많이 생기고 또 사라진다. 수많은 정보와 기술이 상호작용하여 간단하고 단순한 문제도 복잡하고 난해한 문제로 발전해 우리를 고통과 고뇌 속에 빠져들게 만든다. 이런 고통과 고뇌 속에서도 직장과 가정을 지키면서 자아 성취까지 실현해야 하는 중년층은 머릿속이 편한 날이 별로 없다. 또한 어렵고 복잡한 환경 속에서 노후 대책을 수립하고 준비해 나가면서 매일 확인·점검한다는 일은 결코 쉬운 일이 아니다. 그렇다고 포기할 수도 없다. 만약 중년 시절에 노후 대책 마련을 포기한다면 머지않아 다가올 노후 생활을 행복하고 편안하게 보내기는 정말 어렵고 힘들어진다.

따라서 최소한 노후 대책 수립에 필요한 기본 원칙을 세워 세밀하게 준비해서 추진해 나가는 것이 바람직한 생활 태도이다. 최우선으로 세워야 하는 원칙은 육체적·경제적·사회적·정신적으로 자신의 현재 수준에 맞는 실현 가능한 목표를 설정해야 한다는 것이다. 무리한 중·장기 목표를 설정하는 것은 자신의 심적 부담이 가중되어 중간에 포기하기 쉽기 때문이다.

나는 노후 대책으로 가벼운 아침 운동과 자전거 타기로 건강을 관리하고 유지하는 것부터 시작하였다. 그리고 술과 담배를 조금씩 줄이거나 끊는 방법을 찾고, 노후 재원을 조금씩 마련해 나가겠다는 마음가짐을 가졌다. 이를 위한 세부적인 계획은 단기간 내에 쉽게 달성할 수 있는 목표가 아니므로 인내와 끈기를 가지고 중간에 포기하지 않았다. 그렇게 5년 계획을 수립, 성공적으로 끝마쳤다. 그래서 내 목표 성취에 대한 보상으로 가족과 함께 외식, 뮤지컬을 비롯한 특별공연 관람, 주말여행 등 스페셜 계획을 수립하여 한 가지씩 계획을 성취할 때마다 조그마한 선물을 스스로에게 주는 습관도 가지게 되었다. 이 작은 선물은 다음 목표를 즐겁고 행복한 마음으로 힘차게 추진해 나갈 수 있는 동기를 부여해주었다고 나는 생각한다.

또한 일, 주, 월, 분기, 년 단위로 쪼개 추진 상황을 확인·점검하여 보완·개선해 나갔다. 내가 세운 단기 계획은 매주, 매월 단위로 일상생활 중에 쉽게 확인이 가능하도록 만들어 점검하기가 쉽게 만들었다. 그러나 3년 내지 5년이 넘는 중·장기적 계획은 분기별 또는 년 단위로 확인·점검하고 관리하는 것이 매우 힘들고 어려웠다. 그래도 이를 행동으로 옮기지 않으면 추진 동력이 중간에 끊길 수 있어 목표를 성취할 가능성이 점점 떨어진다는 생각이 들었다. 그래서 나는 매일 이를 슬기롭게 잘 극복해 나가야만 노년을 편안하고 즐겁게 보낼 수 있다는 신념을 잃지 않으려고 각고의 노력을 아끼지 않았다.

우리는 마흔을 넘긴 중년 시기부터 노후준비에 필요한 재원을 확보하는 방법과 취미, 소일거리를 찾는데 도움 되는 자료들을 여러 방면으로 수집·정리해 두어야 한다고 생각한다. 현직에서 투잡을 하든, 다른 직업을 선택하든, 근검절약하든 간에 노후자금을 마련해 두는 것이 바람직하다. 이를 기반으로 건강관리, 취미생활, 국내외여행 등에 대한 세부 계획을 수립하여 차질 없이 실천해 나가는 방법을 찾아가는 것이다. 노후 대책에 대한 준비는 피할 수 없는 우리 삶의 과정으로, 누군가가 대신해 줄 수 없는 각자의 몫인 것이다. 크거나 작거나 많거나 적은 것에 관계없이 어느 것이든 노후준비를 위한 중·장기 계획이 결정되면 확고한 실행 의지를 가지고 매일 점검하고 보완·개선해 나겠다는 마음가짐이 매우 중요하다고 나는 생각한다.

직장 떠날 때를 대비한 준비태세를 갖추자

중년에 직업을 바꾸거나 미련 없이 직장을 그만두는 것은 쉽지 않은 결정이다. 그렇다고 자신의 이상과 삶의 목적에도 맞지 않은 일을 계속하면서 스트레스받는 것보다, 자신이 하고 싶은 일을 찾아가야 한다. 중년은 결코 늦은 시기가 아니다. 가능한 자신이 좋아하는 일에 뿌리를 박고 그 일에 열중하는 것이 이상적이기 하지만, 세상일이 우리가 원하는 대로 흘러가지 않는 것이 현실이다. 요즘처럼 과학기술과 정보기술이 빠르게 변화하는 시대에는 기업체뿐만 아니라 공직사회 등 모든 분야에서 구조조정이 심하게 일어나 퇴직 시기도 빨라진다는 것을 예측해야 한다. 어느 날 갑자기 현 직장을 떠나거나 직업을 바꿔야 하는 입장이라면, 미련 없이 정리하겠다는 마음가짐을 평상시 갖고 사전에 준비해 나가는 것이 바람직한 생활 태도인 것이다.

직장을 떠나가는 방법에는 두 가지 길이 있다. 하나는 자기 발로 떠나는 것이며, 또 하나는 강제적으로 자리를 빼앗기는 것이다. 둘 중 어느 것이 좋은 것인지 나와 독자는 이미 알고 있다. 참담하게 버려지는 것보다 자신이 갈 곳을 미리 정하고 떠나는 것이 훨씬 좋을 것이다. 그래야만 자신이 원하는 삶을 계속할 수 있기 때문이다. 이런 좋은 여행을 위하여 자기 계발을 쉬지 않고 노력하면서 스스로를 다듬어 놓고 노후 설계를 면밀히 준비해야 한다. 그리고 떠날 때가 오면 전광석화(電光石火)처럼 망설이지 말고 떠나야 하는 것이다. 또한 자신 앞에 놓인 변화를 기회로 삼아 제2의 삶을 살아가는 방법을 퇴직 전에 미리 찾아두는 것이 바람직하다. 제2의 삶은 평상시 준비해둔 사람만이 기회로 만들 수 있다고 본다.

우리에게 갑자기 다가오는 퇴직 또는 전직 등의 변화에는 많은 에너지가 필요하다. 그렇지만 이런 변화가 자신에게는 아주 매력적인 기회라는 자신감을 갖고 긍정적으로 받아들이는 것이 좋다. 왜냐하면 이런 변화로 인해 자신이 이제까지 잃고 살아왔던 '스스로가 바라는 나'를 되찾는 참다운 삶의 여정을 이어갈 수 있는 좋은 기회이기 때문이다. 자신의 의지에 따라 가장 나답게 살아가기 위한 자발적인 변화를 맞이하는 것은 아주 기분 좋은 기회이다. 이는 올바르고 즐거우며 참다운 삶을 준비하는 인생의 일부분이라고 생각한다.

나는 중년 시기에 결혼을 심사숙고하여 선택했고, 평온한 가정을 꾸려 아이를 낳고 키우면서 나 자신의 자아실현을 위해 열심히 살아왔다. 그리고 행복하고 평화로운 가족의 일원이 될 수 있도록 자기 계발과 노후 대책을 찾으며 끊임없이 철저히 준비했다. 그리고 준비된 사람만이 아름답고 평화로운 노후를 보낼 수 있다는 마음가짐을 항상 잊지 않으려고 노력했으며, 나 자신을 매일 채찍질하고 일일신우일신 하면서 열심히 살았다. 또한 내게 찾아올 퇴직에 대비해 퇴직 후에 생길 많은 자유 시간을 내 수준에 맞게 즐길 수 있도록 필요한 자료를 수시로 입수해 공부하며 살아왔다. 이런 생활 습관들은 평범하고 소박한 삶을 추구하는 사람이라면 평소 갖춰야 할 올바르고 바람직한 생활양식이라고 나는 생각한다.

PART 3

성숙하고
평화로운 마무리 준비

1장
노후 맞이와 소일거리 창조

사회 · 경제 · 정서적 여건에 맞는 노후 맞이하기

　나이를 먹어감에 따라 자신을 되돌아보며 지금 내가 어느 위치에 서 있는지 확인하고 점검해 보는 것이 좋다. 가장(家長)으로서 열과 성을 다해 가족을 책임졌는지, 가족을 위해 필요한 희생과 봉사를 하였는지, 자신이 이끌고 온 가족이 평화로운 가정환경 속에서 즐겁고 행복하게 생활하고 있는지 여부를 점검해 보는 것이다. 그래야만 자신의 사회적·경제적·정서적 여건에 맞춰 얼마 남지 않은 기간을 어떻게 보람되고 아름답게 마무리 지을 수 있는지를 심도 있게 고민하면서 생활해 나갈 수 있는 것이다.

　퇴직한 이후 20년 내지 30년 정도의 노후 생활을 영위하다 떠나는 것이 보통이다. 10년 단위 중·장기 계획을 세운다 하더라도 두세 번 정도에 지나지 않는다. 지나가는 세월은 유수와 같이 빠르고 물리적으로 막을 수도 없어 순식간에 지나가 버린다. 특히 노후에는 원하건 원하지 않건 자연의 품으로 돌아가야 할 시간이 나이를 먹는 것과 같은 속도로 내게 다가온다는 느낌을 갖게 된다. 그러므로 아름다운 마무리를 위한 노후 계획은 정말로 신중하게 생각하여 후회하지 않도록 철저히 고민해 보는 것이 바람직한 생활 태도라고 본다. 그동안 공부하고 결혼하고 가정을 이끌어 오는 과정에서 보여주었던 것보다 더 열과 성을 다해 노후 계획을 세워야 얼마 남지 않은 인생의 황혼기를 건강하고 평화로우며 즐겁게 보낼 수 있을 것이기 때문이다.

인생 중 삼 분의 이(70%)를 좋은 학교에 다니고 직장을 갖기 위해 관련된 전문 서적과 싸우고 가족의 안녕을 위해 희생과 봉사를 아낌없이 해왔던 것과 같이, 지금부터 다시 시작한다는 마음으로 노후 생활에 대한 지식과 지혜를 열심히 익혀 나가야 한다. 현재의 위치에서 사회적·경제적·정서적 여건을 좋은 방향으로 개선시켜 나가야 이삼십 년 후에 아름답고 중후한 황혼을 보내면서 아름답게 삶을 마무리할 수 있다. 특히 팔십 또는 구십이 넘은 나이에도 자신의 주변 일은 스스로 해결할 수 있도록 건강관리에 집중하는 것이 바람직한 생활 태도일 것이다. "구구팔팔이삼사."라는 말처럼 99세까지 팔팔하게 살다가 이틀 앓고 삼 일 만에 아름답게 마무리하는 행복한 삶을 꿈꿔 보는 것이 좋다는 말이다. 그래야만 자녀들을 비롯한 가까운 가족에게 부담과 피해를 주지 않고 평온하게 자연의 품으로 돌아갈 수 있는 것이다.

휴식을 통해 긍정적이고 낙천적인 생각을 갖자

청소년기와 중년기를 거치면서 아침에 일찍 일어나 매일 기계적으로 다람쥐 쳇바퀴 돌 듯 하루하루를 대하며 원대한 꿈과 희망을 향해 열심히 노력하며 살아왔다. 지금 노후에 접어든 우리는 성숙하고 평화로운 마무리를 위해 자신의 삶에 최선을 다하며 살아가고 있다.

퇴직한 이후에는 직장에 갈 일도 없고 바쁘게 처리해야 할 일도 그리 많지 않으므로 느슨한 생활이 연속된다. 만약에 평상시 취미 생활이나 소일거리를 만들어 두지 않았다면 더욱 하루 일과가 따분해지고 지루하게 느껴질 수 있다. 노후에는 자신의 내면을 꼼꼼히 들여다보고 진실로 현재 수준에서 내가 할 수 있는 것이 무엇인지, 내가 하고 있는 일 또는 하고 싶은 일이 내 삶의 목표와 적합하고 가치가 있는 것인지, 이들을 어떻게 접근해야 차질 없이 해결해 나갈 수 있는 것인지 등을 조용히 사색하며 지내는 것도 결코 나쁘지 않은 것이다.

휴식은 삶의 활력소이다. 우리의 삶이 정말 어렵고 힘들 때는 1년 내지 3년 정도 조용한 곳을 찾아 자신을 되돌아보는 시간을 갖는 것이 바람직한 일이라고 본다. 휴식하면서 생각이 정리되었다면 성숙한 자세로, 아름다운 마무리를 잘하는 사람들이 그래왔던 것과 같이 "나도 할 수 있다."라는 긍정적이고 낙천적인 사고를 가지고 과감히 현실 속으로 다시 뛰어드는 것이다. 고통스럽고 외로울 때도 마찬가지로 이 모든 것이 일시적인 것이며 고정된 것이 아니라는 사실을 수시로 깨우쳐야 한다. 그리고 시간이 흐르면 모든 것이 변해 간다는 생각을 가지고 일상생활을 해나간다면 큰 어려움 없이 고통과 외로움을 이겨낼 수 있다고 생각한다.

우리는 누구나 이 세상에 태어나 거대한 꿈과 희망을 갖고 생활하지만, 인생을 마무리하는 시점에 오면 특별한 경우를 제외하고는 고작 한 평 남짓한 땅에 묻히거나 한 줌의 재로 변해 자연의 품으로 돌아가게 된다. 얼마나 초라하고 미미한 존재인가? 그러므로 일상생활 속에서 최소한 2시간 정도 휴식 시간을 언제든지 마련할 수 있도록 만들고 긍정적이고 낙천적인 생각으로 하루하루를 보람차고 즐겁게 보내는 것이 좋다. 그러면서 나 자신의 내면을 집중적으로 살펴보는 훈련을 평상시 열심히 해나가야 한다고 나는 생각한다.

노후를 소극적인 자세보다 적극적인 자세로 임하자

노후의 삶에는 전성기가 없는 것일까? 아니다. 노후의 전성기는 살아 숨 쉬고 있는 지금 이 시점이다. 내가 처해 있는 지금 이 순간, 자신의 위치와 나이에서 온 세상을 똑바로 바라보고 행복하고 즐거운 삶을 위해 앞으로 전진해 나갈 때인 것이다. 지나간 청소년과 중년이라는 전성기 때의 향수에 젖어 있을 것이 아니라, 지금 이 순간 노년의 즐거움을 마음껏 누리며 평화로운 내일을 맞이하도록 노력해 나가야 하는 시기인 것이다. 다시 말해 노년의 전성기는 이제부터 시작하는 것이므로, 나이에 관계없이 내가 가지고 있는 현재 여건보다 좀 더 나은 여건을 만들어 자신이 원하는 꿈에 집중하면서 열정을 갖고 노력해야 한다. 소박한 꿈과 희망을 품고 있는 한, 60세나 90세가 되어도 이를 성취할 수 있다. 아름답고 보람찬 삶을 누리고자 하는 사람에게 필요한 것은 오로지 평범하고 소박한 꿈과 희망을 향한 자신의 의지와 용기뿐이다.

노년의 꿈은 청년과 중년 시기에 꿈꿔오며 생활해 왔던 경험을 되새기면서 신체적·재정적·정신적 여건 등을 감안하여 현실을 정직하고 냉정하게, 그리고 철저히 점검하는 것이 좋다. 시간이 많이 걸리고 실현이 불가능한 꿈과 희망을 갖는 것보다는 현실적으로 실현이 가능한 꿈과 희망을 갖는 것이 남은 생을 즐겁고 아름답게 마무리하는 방법일 것이다. 진심으로 자신의 꿈을 위해 열정적으로 노력한다면 나이와는 상관없이 '꿈은 이루어진다.', '꿈을 이루는 시점에 늦은 시기란 없다.'는 긍정적이고 낙천적인 사고를 갖고 생활해야 한다.

최근에 나는 평범한 사람들이 퇴직한 이후에 적극적인 삶을 보내기 위해 많이 찾는 복지관에 등록했다. 일주일에 삼일을 자전거로 왕래하는 것으로 정신 수양과 체력 단련을 겸하고 있다. 복지관에서 운영하는 프로그램에 참여하는 사람들은 60대에서 90대 초반까지 다양한 연령과 퇴직한 교수 및 교사, 군인, 공무원, 사장, 화가, 자영업자 등 다양한 계층으로 구성되어 있다. 나는 이들 중에서 80대에서 90대에 속하는 사람들이 하루하루 소일하는 방법과 장수하는 비결을 보고 들으며 그들의 삶의 지혜를 배워 내 생활에 접목시켜 나가고 있다. 즉 적극적이고 낙천적인 자세로 노후 생활을 건강하고 아름답고 보람 있게 보내는 방법을 하나씩 내 것으로 습관화시켜 나가고 있는 것이다.

자유 시간을 활용할 방법을 찾아 실행으로 옮기자

자유 시간이 많아질수록 냉철하게 자신을 되돌아보고 어떻게 생활하는 것이 내 본모습을 찾아가는 것인지를 곰곰이 생각해 보는 것이 좋다. 내 위치에 맞게 경제적·시간적 여건 등을 감안하여 노후 계획을 세우고 실천으로 옮긴다면 날마다 새로운 자신을 발견할 것이다. 새로운 경험과 감정 속에 빠질 수 있는 좋은 취미와 소일거리를 창조하거나 찾아 나서고 있다면 재미있고 멋진 일상의 벗으로 삼으며 생활할 수 있다. 그러면 아름다운 마무리를 꿈꾸며 살아갈 수 있는 기회가 점점 많아질 것이다.

나는 청소년과 중년 시기를 거쳐 성장해 오면서 꾸준히 관리해 온 5년 내지 10년짜리 중·장기 계획과 단기적인 계획을 세워 생활하는 습관을 가지고 있었다. 지금도 이것을 적극 활용하고 있다. 오늘 해야 할 일, 앞으로 해야 한다고 약속된 일, 정기적인 기념일, 생일, 기일 등을 일정표에 기입해 놓고 매일 이른 아침에 확인하여 우선순위를 정해 처리하는 습관을 가지고 있는 것이다. 제일 먼저 추진한 것이 대장암으로 직장에서 명예퇴직하고 샐러리맨으로서의 사회생활을 마친 후, 내게 주어진 많은 자유 시간을 현재의 경제적·시간적 여건 등을 고려해 외부 활동 범위를 최소한으로 축소해 단순하고 간소한 생활로 전환하여 생활하는 계획을 실천해 나가고 있는 것이다.

예를 들면 모임, 외식, 여행, 경조사 참여 범위를 내 건강 상태와 경제 수준에 맞게 과감히 조정했다. 내게 갑자기 찾아온 대장암을 친구 삼아 많은 자유 시간을 편안하고 여유롭게 지내는 방법을 아주 천천히 터득해 나가고 있는 것이다. 투병 생활 속에서 소심해지려는 내 마음을 다스리며 소극적이고 비관적인 자세보다는 적극적이고 낙천적인 사고를 갖고 불필요한 주변 관계를 과감하게 정리했다. 지금은 퇴직 후의 한정적인 수입을 감안하여 적은 경비로 나만의 시간을 즐길 수 있는 소일거리를 찾아 실천해 나가고 있다. 즉 번잡하고 복잡한 일상생활을 간소하고 단순하게 만들고, 빠르게 움직이기보다 느리지만 확실하게 움직이는 것이 내 몸에 익숙해지도록 습관화하고 있는 것이다.

두 번째로 내게 주어진 자유 시간 동안 그동안 읽고 싶었던 책, 자연을 사랑하고 포용하며 자연 속으로 회귀하는 책, 법정 스님이 애독하셨던 책, 그동안 내가 읽었던 책 중 다시 읽어보고 싶은 책 등을 찾아 읽는 시간을 갖고 있다.

세 번째로 집 뒤편에 있는 한적한 불곡산과 탄천을 산책하며 사색을 즐긴다. 산책길은 숲과 나무, 새와 나비, 다람쥐, 청설모, 고라니 등이 어울려 내게 평화로운 자연환경을 보여주고 봄, 여름, 가을, 겨울에는 나뭇잎이 색다른 옷으로 갈아입으며 나를 반겨준다. 자연 속의 맑은 공기를 마시고 계곡에 흐르는 물소리, 바람 소리를 들으며 벤치에 앉아 나무 사이로 간간히 비치는 햇살과 떠도는 구름을 쳐다본다. 온 세상이 내 것인 양 내 마음이 풍족해진다.

네 번째로 도시농부가 되어 집 앞마당에 상추, 쑥갓, 겨자, 파, 곰취, 얼갈이, 토마토, 고추 등의 채소를 가꾸며 때맞춰 수확하여 아침저녁마다 신선한 식단으로 채워 유기농 식사를 하고 있다. 조그마한 화단과 화분에는 개나리, 철쭉, 채송화, 장미, 국화, 해바라기 등의 꽃을 심어 자연과 더불어 살아가는 방법을 배워나가고 있다.

다섯 번째로 한 달에 한 번 이상 장모님을 찾아뵙고 드라이브와 외식을 꾸준히 하며, 지인들과 골프도 가끔 즐긴다.

여섯 번째로 정자동 전원마을을 거쳐 분당복지관까지 자전거를 타고 가서 평생 교양과목을 듣는 것이다. 일주일에 삼일은 서예, 사군자, 국선도, 당구, 탁구 등을 즐기며 선배들의 생활상과 경험을 직·간접적으로 보고 들으면서 내 노후 생활에 접목해 나가고 있다.

이외에도 가까운 곳에 살고 있는 외손녀와 손잡고 동네를 한바퀴 돌며 산책도 하고, 동화도 들려준다. 가끔 블록 쌓기, 카드 맞추기, 윷놀이 등도 같이하며 동심의 세계로 빠져들기도 한다.

인간으로 태어났다면 일에 집중하여 자신, 가족, 사회, 국가와 세계에 많은 업적을 남기는 큰 인물이 되어 온 세상에 이름을 남기는 것이 무엇보다 중요하다. 하지만 평범하고 소박한 사람들은 퇴직한 후에도 자신과 가족을 사랑하며 올바른 가정을 이끌어 갈 수 있는 정신적·물질적 여유를 가지고 정서적·육체적으로 건강하게 살아가는 것이 꿈이다. 그리고 남은 돈과 시간을 이웃과 사회에 돌려주기 위해 봉사활동과 종교 생활을 하고, 사랑과 덕을 나누며 더불어 살아가는 것이야말로 진정한 삶이 아닌가 생각한다. 이보다 더할 나위 없는 행복한 삶은 없지 않겠는가?

나는 자신의 주변 여건을 냉철히 분석·판단하여 노후의 삶을 체계적으로 채울 수 있도록 취미생활과 소일거리를 창조하는데 많은 노력을 기울이는 것이 바람직한 생활양식이라 생각한다.

퇴직 후 갖게 될 자유 시간을 멋지고 즐겁게 보내면서 아름다운 마무리를 꿈꾸고 있는 나는 오늘도 일일신우일신(日日新又日新)하며 행복한 하루를 즐거운 마음으로 맞이한다.

접근하기 쉬운 평생교육 프로그램을 찾아보기

평생교육(平生教育)이란 유아에서 시작하여 노년에 이르기까지 평생에 걸쳐 내 삶의 질을 향상시키기 위해 행하는 모든 교육을 뜻한다. 평생교육의 목적은 전 생애를 통해 개인의 신체적·인격적 성숙과 사회적·경제적·문화적 성장을 계속해 나가는데 있다. 통상적으로 교육에는 학교·가정·사회교육 등이 있다. 이 중에서도 60세가 넘은 사람들에게 실시하는 성인용 평생교육은 청소년 시기에 겪은 학교, 가정교육과는 조금 다르다. 사회활동을 활발하게 소화할 수 있는 신체적·정신적 능력을 갖춘 성인들의 경우, 가르침이 삶의 현장 곳곳에 넓게 퍼져 있어 언제, 어디서, 어떤 방법으로든지 평생교육을 받을 수 있다. 그러나 사회활동과 신체활동 반경이 극도로 적어지는 노인에게 필요한 평생학습은 생활하고 있는 지역과 가까운 곳에 위치해 접근성이 좋아야 하고, 교육내용 역시 도움이 되어야 한다.

 2012년, 대장암으로 인해 57세에 공직생활을 마무리한 나는 자연인으로서의 내 삶의 질을 향상시키고 내 내면에 잠재되어 있는 잠재력을 발견하여 개발해 나가야겠다고 생각했다. 내 삶의 목표인 올바르고 참다운 인간이 되는 길을 찾고 성숙한 사람이 되어 아름다운 마무리를 할 수 있게 만들어 주는 적합한 평생교육을 찾는데 주력하였다. 그래서 쉽게 접근할 수 있고 편리한 인터넷 또는 복지관, 문화관, 시니어 교육센터 등에서 운영하는 평생교육 프로그램 등을 최대한 잘 활용하기로 한 것이다.

 제일 먼저 인터넷 방송을 통해 시간에 구애받지 않고 언제 어디서든지 자유롭게 공부할 수 있는 방송통신대학교 영어영문학과를 선택하여 2013년도에 입학해 2018년도에 우수한 성적으로 졸업했다. 그리고 『나의 꿈은 멈추지 않는다』(2018)라는 자기 계발서도 발간했다.
 두 번째로 방송통신대학교를 졸업한 이후 자유 시간이 이전보다 더 많이 남아 이를 효율적으로 활용하는 방법을 찾았고, 그 결과 복지관을 선택했다. 분당 노인종합복지관에는 어학, 취미,

운동 등 평생교육 프로그램을 저렴한 비용으로 즐길 수 있는 등 소일거리가 다양하게 구성되어 있다는 것을 알았다. 그래서 나는 이곳에 등록하여 인생 선배들로부터 삶의 지혜와 경험담을 보고 들으며 내 인생의 길잡이를 찾아가는데 열과 성을 다하고 있는 것이다.

2장
아름답고 성숙한 어른 되기

고상하고 아름다운 노후의 삶을 찾아보자

재독 교포 작가 이미륵의 『압록강은 흐른다』에 이런 문장이 있다.

여기 이렇게 같이 음악 연주나 하면서 사는 게 정말 좋지 않을까? 일할 필요도 없고, 근심할 필요도 없이. 운 좋은 사람이 살아가는 것처럼 넌 그저 그렇게 살아가기만 하면 되는 거야. 네가 원할 때마다 친구들을 불러들여 하늘이며, 땅이며, 세상이며, 사람의 정에 대해 함께 이야기를 나누면서 말이야. 산속에 오두막 한 채를 짓고 산골짝의 시내가 재잘거리는 소리도 듣고, 저 멀리 떠다니는 구름을 바라보면서 말이야. 네가 행복하게 살면, 너의 어머니도 행복해하실 거야. 나도 언제나 네 곁에 있을 수 있고.

인간과 자연과의 관계를 잘 어우르는 얼마나 고상하고 아름다운 말인가?

나는 노후를 어떻게 살아야 고상하고, 어떻게 해야 아름다운 삶을 보낼 수 있을까? 불곡산 산책길에 나서며 사색에 잠겨본다. '돈을 모아 자녀들에게 조금 더 유산으로 물려주는 것이 좋은 것인가? 아니면 자손들에게 도움을 받지 않고 현재 가지고 있는 것을 잘 활용하고 건강을 유지하며 오래 사는 것이 좋은 것인가? 그도 아니면 돈을 더 모아 형제와 이웃들을 도와주고 여유가 있으면 사회에 기부하며 사는 것이 좋은 것인가?' 등을 생각해 보았다.

내가 지금 직장 생활을 하면서 여유 있게 생활하는 것도 아니고, 큰 사업체를 소유한 채 많은 이익을 내며 부유한 생활을 영위하는 것도 아니므로 금전적인 기부를 하고 주변 사람들을 도와주며 산다는 것은 현실적으로 어렵다고 판단했다. 그렇다고 대장암을 관리하고 있는 입장에서 새로운 일거리를 찾고 돈을 더 모아 많은 유산을 남겨줄 수 있는 것도 불가능하다. 결국 현재 내 경제적 현실로는 아내와 내 건강을 유지하고 경제적으로 부담이 적은 문화 활동을 하면서 자연과의 조화를 찾아 즐겁고 행복한 삶을 보내는 것에 만족하는 것이 중요하다고 생각했다. 그러다 여유가 생기면 조그만 물질적 도움이나 정신적·육체적 도움을 주변 사람들에게 나눠주는 것이 바람직하다는 것을 깨달았다.

나는 하루 24시간 중 잠자는 8시간을 제외한 나머지 시간에 대한 일정표를 매일 작성하며 돈이 적게 드는 알뜰하고 검소한 생활양식을 찾아 나서고 있다. 기상과 함께 제일 먼저 맨손체조와 러닝머신, 역기 들어 올리기, 윗몸 일으키기를 한다. 그리고 아침을 먹은 후에는 한글과 한자 서예, 사군자를 치고 마음에 풍요로움을 주는 교양서를 읽는다. 휴식 시간이 되면 가벼운 산책과 사색을 하기 위해 뒷동산인 불곡산을 오른다. 불곡산 산책길에 겨우내 쌓인 낙엽 사이로 비집고 나오는 새싹, 계곡에 흐르는 물소리, 나무 사이로 떠도는 구름과 태양, 계절마다 달리 피고 지는 꽃과 과실, 대지와 숲에서 생존하는 동·식물 등 자연 생태계에서 일어나는 현상을 보고 듣고 피부로 느낀다. 자연의 섭리에 따라 일어나는 자연물의 탄생과 소멸을 알아가며 자연의 성질과 양식에 나 자신을 동화(同化)시킬 수 있도록 노력해 본다. 그리고 간간이 지인들을 만나 점심 또는 저녁을 먹고 가족들과 드라이브하며 생활하는 것이 나의 삶인 것이다.

평범하고 소박한 사람으로서 올바른 생활양식을 갖고 즐겁고 행복하게 살아가는 것은, 현재 자신이 보유하고 있는 것에 만족하고 남과 비교하지 않으며 살아가는 것이라 생각한다. 그래서 오늘도 하루를 고상하고 아름다운 노후를 맞이하기 위해 떠오르는 태양을 맞이하며 힘차게 출발해 본다.

과거에 얽매이지 말고 현재의 삶에 감사하자

우리는 살아오면서 마주하는 중요한 문제에 대한 선택과 결정을 내린다. 그런데 훗날 '그 당시 왜 좀 더 나은 방법을 선택하지 못했을까?' 하고 후회하고 있다면, 이것은 결코 올바른 자세가 아니라고 본다. 과거에 했던 말과 행동은 아무리 곰곰이 생각해도, 아무리 발버둥 쳐도 결코 되돌릴 수 있는 것이 아니기 때문이다. 그러니 지금을 즐기며 긍정적이고 낙천적인 사고를 가지고 살아가는 것이 현명한 자세일 것이다. 과거의 좋았던 시절 또는 나빴던 시절만 회상하게 된다면 현실을 놓친 채 살아가는 어리석은 생활에 빠지기 쉽기 때문이다. 따라서 과거를 거울삼아 지금 무엇을 하면서 어떻게 즐길 것이며 앞으로 행복하고 참다운 삶을 위해 어떤 생활양식을 가지고 살아갈 것인가에 온 정신을 집중하고 미래 지향적인 생각에 집중하는 것이 훨씬 바람직하다.

예를 들어 청소년 시절 부유한 환경 속에서 교육을 받고 좋은 학교에 다니며 성장해 좋은 직장에 취직하여 결혼했다고 치자. 그 결과 중년 시절에는 주변 사람들로부터 부러움과 존경의 대상이 되어 평화롭고 행복한 삶을 누리며 자녀를 낳아 잘 키워 결혼까지 시켰으나, 노후에 조기퇴직을 하거나 사업이 파산하거나 연대보증을 잘못 서서 가산이 풍비박산(風飛雹散) 나고 건강에 이상이 생겨 병상에 눕게 되고 짧은 거리도 겨우 걸어갈 수준이라 간병인의 보호를 받고 있다고 가정해 보자. 이때 남부럽지 않게 생활하던 좋은 시절에 갇혀 현재의 어렵고 힘든 여건 속에서 살고 있는 자신을 비관한다면 심한 우울증에 빠져 지금 내가 살아 숨 쉬고 존재하고 있음에 감사하거나 현실에 만족할 줄 모르며 살게 된다. 결국 과거에 얽매인 채 현재의 자신을 바꿀 수 있는 기회를 갖지 못하게 만드는 것이다.

따라서 노후에 과거의 부유한 생활이나 가지고 있던 직위 또는 직책을 내세우는 행위나 과거를 거들먹거리며 현실을 직시하지 못하는 자세는 결코 바람직한 생활양식이라 볼 수 없다. 현재 자신이 살아 숨 쉬고 있음에 감사하며 과거의 좋은 시절이나 나쁜 시절을 빨리 잊어버리고 지금 당장 할 수 있는 일을 찾아 나서는 것이 훨씬 낫다. 과거에 얽매이지 말고, 현실을 그대로 받아들이며, 현재의 삶에 만족하면서 열심히 살아가는 것이 추하게 보이지 않고 남은 삶을 당당하고 떳떳하게 살아갈 수 있는 바람직한 생활방식이라고 본다.

현재의 물질적·정신적·정서적인 위치에 만족하자

현실적으로 이루어질 수 없는 지나친 욕심과 야망으로 기대치나 목표치를 높게 설정하거나, 남이 가지고 있는 것을 탐내거나 부러워하며 생활하는 사람이 주변에 많이 있다. 이렇게 자신의 삶을 남의 삶과 비교하며 살아가는 생활양식으로 인해 대부분의 평범하고 소박한 사람이 현실에 만족하지 못하고 스스로 불행하다고 생각하며 살아가는 것이다.

태평양이나 대서양의 푸른 수평선이 보이는 대저택에서 흔들의자에 앉아 휴식을 취하며 소일하는 사람, 울창한 숲으로 둘러싸인 밀림이나 허허벌판인 사막에서 하루 한 끼를 먹기 위해 먹을 것을 찾아 헤매며 근근이 살아가는 사람, 산속에서 자연과 함께 평화롭게 생활하는 사람, 높은 빌딩 속에서 바쁘고 숨 가쁘게 생활하며 문화생활을 즐기는 사람, 공장 또는 마트, 노점 등에서 단순노동을 하며 살아가는 사람 중 누가 자신의 생활에 만족을 느끼며 살아가고 있을까? 그리고 어떤 삶이 행복하게 사는 삶일까? 늘 이런 고민을 해본다.

인간은 부모를 잘 만났든 잘못 만났든 100년 이상 살기 힘들다. 짧고 유한하게 주어진 삶 속에서 과욕을 부리지 않고 현실보다 조금 더 나은 생활을 위해 피와 땀을 흘리며 노력해서 얻은 결과물에 만족을 느끼는 사람이 평범하고 소박하며 즐겁고 행복한 삶을 살았다고 할 수 있지 않을까 생각한다. 그렇지 않으면 이룰 수 없는 꿈과 희망으로 인해 무리한 욕심과 야망을 갖게 되어 몸과 마음을 다치기 쉽다. 자신이 노력해서 얻은 결과물에 만족하지 못하고 불만을 갖고 생활한다면 평생 불행하게 살다가 자신도 모르게 삶을 마감해야 하는 시점에 다다르게 된다.

　나는 하늘의 뜻에 따라 태어난 곳에서 비슷한 수준의 사람들과 함께 생활하며 현실보다 조금 더 나은 환경으로 개선해 나가겠다는 생활양식을 갖고 일일신우일신 하며 열심히 살아왔다. 그리고 현재 숨 쉬고 생존해 있음에 감사하고, 지금의 삶에 만족하며 살고 있다. 또한 평범하고 소박한 사람으로서 타인에게 부담과 피해를 주지 않는 범위 내에서 내가 원하는 대로 자유롭게 행동하고 있다. 그리고 현재 노후를 행복하고 평화롭게 보낼 수 있도록 노력하고 있다.

　아래는 어느 거지가 들려주는 교훈이다.

　　예순 살 정도 되는 거지가 백화점 입구에서 구걸하고 있었다. 헝클어진 흰머리에 잡초가 붙어 있는 것으로 보아 지난밤 길거리에서 노숙한 모양이었다. 그래도 그는 얼굴에 잔잔한 미소를 짓고 두 손을 앞으로 내밀며 오가는 사람에게 구걸하고 있었다. 이를 본 여섯 살 정도의 어린애가 지나가던 발걸음을 멈추고 거지에게 다가가 옷자락을 잡아당기는 것이었다. 거지가 손을 내려보니 어여쁜 꼬마 아이가 조그마한 손을 내밀었다. 거지가 허리를 굽혀 그것을 받아들였다. 거지의 손바닥에는 1유로 동전 하나가 놓여 있었다. 거지는 얼굴 가득 주름을 만들어가며 환하게 웃었다. 그리고는 주머니에서 뭔가를 꺼내 돌아서는 아이의 손에 쥐어 주었다. 아이는 기뻐서 어쩔 줄 몰라 하며 엄마에게 아장아장 뛰어갔다.

그런데 아이 엄마가 깜짝 놀랐다. 딸의 손에는 1유로 동전 두 개가 쥐어져 있기 때문이다. 엄마는 거지에게 다가가 말했다.

"우리 아이가 드린 것도 겨우 1유로 동전 하나인데 거기에 당신이 1유로를 더 보태주셨더군요. 이러면 안 될 것 같아 다시 가져왔어요."

그러면서 아이의 엄마는 그의 손에 동전 두 개를 올려놓았다. 그러자 거지는 그 동전을 다시 아이 엄마에게 건네며 이렇게 말했다.

"그건 간단하게 생각해 주세요. 아이에게 누군가를 도우면 자신이 준 것보다 더 많은 걸 돌려받는다는 것을 가르쳐주고 싶었거든요."

동전 한 닢이 아쉬운 그였지만, 해맑은 어린아이 앞에서는 자신도 누군가에게 가르침을 주는 어른으로 만족하고 가치 있는 삶을 살고 싶었던 것이다.

우리는 현재 자신이 가지고 있는 것에 물질적·정신적·정서적으로 만족하며 삶을 마감할 수 있는 사람이 가장 아름답고 행복하다는 것을 잘 모른다. 작은 가판 구둣방에서, 만두가게에서, 도로 위의 행상을 하면서 또는 청소를 하거나 폐지를 주워 고물상에 넘기며 근근이 모은 돈을 불우가정이나 학생에게 아낌없이 넘겨주며 작은 선행을 행하는 사람들의 모습은 대기업 사장들이 몇백억, 몇천억 원씩 사회에 기부하는 것만큼 아름답고 감동적인 모습이다.

　나는 풍족한 삶은 아니지만 현재 내가 가지고 있는 물질적·정신적·정서적인 위치에 만족하며 아주 작은 것일지라도 주변 사람들과 나눌 수 있는 마음가짐을 갖추고, 일상생활 속에서 말이 아닌 행동으로 옮길 수 있도록 습관화하는데 노력을 기울이고 있다. 그래서 내가 행복하고 아름다운 삶을 마무리할 때에는 내가 사랑하는 사람, 또는 나를 사랑하는 사람 한두 명을 내 곁에 두고 떠나고 싶다.

성숙한 어른으로서 말과 행동에 모범을 보이자

　한 가족과 사회 속에서 성숙한 어른으로 성장하여 주변 사람들로부터 존경을 받고 있다면 평범하고 소박한 사람으로서의 삶을 잘 살아 온 것이다.

　가정이나 조직 내에서 큰 어른으로 존경을 받고 자신의 위치를 지키면서 위계질서를 확립하기란 결코 쉬운 일이 아니다. 위계질서는 무리하고 엄격한 규칙을 지킬 것을 요구하는 것보다 명확한 경계선을 지키도록 유도하는 것이 좋다. 그러나 이런 명확한 경계선은 어른이 솔선수범해서 조직 내에 자연스럽게 형성되도록 만드는 것이 바람직하다.

노후에는 세대 간, 직급 간 갈등을 해소되고 편안하고 행복한 분위기 속에 즐거운 생활을 할 수 있도록 신뢰와 믿음을 말과 행동을 통해 구성원들에게 보여줘야 한다. 그래야 위계질서가 잡히고 기강이 확립되는 것이다. 나이가 많다고 또는 상위 직급이라고 구성원에게 일방적으로 훈계하거나 지시하는 것보다 구성원의 이야기를 경청하는 것이 중요하다. 그리고 자신이 한 말과 행동에 책임을 지고 자신의 언행이 일치하고 있는지 되돌아보며 생활하는 것이 좋다. 즉 성숙한 어른의 바람직한 생활양식은 구성원들과 잘 소통할 수 있도록 분위기를 편안하게 만들겠다는 마음가짐을 갖추는 것이라고 생각한다.

칼 로저스(C. Rogers)의 인간중심 상담이론에서 정의한 성숙한 행동의 개념은 "현실적으로 인식하는 능력, 자신의 행동에 대한 책임을 평가하는 능력, 자신의 행동을 책임지는 능력, 자신의 감각에서 나온 증거에 따라 경험을 평가하는 능력, 경험에 대한 평가를 새로운 증거가 생기면 바꾸는 능력, 타인을 자신과 다른 개체로 받아들이는 능력, 자신과 타인을 존중하는 능력."이라고 정의했다.

성숙한 어른이 되어 곱게 나이를 먹어간다는 것은 정말 어려운 과제이다. 그렇지만 가정이나 사회 조직 내에서 자녀 또는 아랫사람을 대할 때 차별과 편견, 선입견을 없애고 평등하고 공평하게 말과 행동으로 보여주는 것은 보기도 좋고 위계질서와 경계선을 확립하는데도 좋다. 우리는 어른이 되어 가는 과정에서 자기도 모르게 자신의 취향, 성격, 생활양식 등이 유사한 사람만 선호하여 편애하거나 편을 갈라놓는 습관을 가지기 쉽다. 그래서 주변 사람들로부터 존경보다는 눈총을 받는 경우가 많이 생기는 것이다. 결국 사회 공동체 생활을 하면서 서로 서먹서먹해져 얼마 남지 않은 삶을 즐겁고 유쾌하게 보내지 못하거나, 어른으로서의 대접도 제대로 받지 못하는 경우가 생기는 것이다.

따라서 노후에는 조금 더 타인을 배려하고 포용할 줄 아는 성숙한 사람이 되도록 노력하는 마음가짐을 가지는 것이 좋다. 그래야 나이 값을 하며 타인에게 추한 모습을 보이지 않는다. 물론 존경받고 아름다운 모습으로 구성원들에게 편안함과 안정감을 줄 수 있는 자세를 갖추는 것은 하루아침에 이루어지는 것은 아니다. 성숙한 어른이 되어 간다는 것은 수년간 쌓은 경험을 토대로 자신의 말과 행동에 책임을 지겠다는 자세로 솔선수범해야 신뢰와 믿음을 얻을 수 있는 것이다. 즉 노후에 가족과 사회 구성원으로부터 성숙한 어른으로 적절한 대접과 존경을 받으며 생활하고 있다는 것은 평범하고 소박한 사람으로서 올바르고 참다운 삶을 살아왔음을 보여주는 것이라 생각한다.

내 육체와 마음·정신·감정을 잘 관리하자

건강한 몸에서 건전한 정신이 솟아나는 것이다. 부모로부터 물려받은 육신을 온전히 보존하며 건강하게 오래 사는 것이 부모에게 효도하는 일 중 하나일 것이다. 노후에는 건강한 육체를 유지하기 위해 잘 먹고 잘 자고 대소변을 잘 가리며 자기 주변의 일을 스스로 행할 수 있는 생활양식을 갖추도록 열심히 노력하는 것 자체가 주변 사람들에게 부담과 피해를 주지 않는 중요한 일이다.

노년 시기의 전성기는 육신을 자유롭게 움직이며 마음속에 소박한 꿈과 희망을 분수에 맞게 품고 생활하는 지금 이 시점이라 생각한다. 노후에 거창하고 무리한 목표를 갖고 생활하는 것은 자신의 건강만 해치고 남은 삶을 즐겁고 행복하게 보내는데 걸림돌이 된다. 세월이 흐르면서 아름답고 보람차며 행복한 삶을 누릴 수 있는 사람은 지금이 가장 즐겁고 행복한 때라 생각하고 긍정적이며 낙천적인 정신으로 자신의 의지에 따라 당당하게 살아가는 사람일 것이다.

자신의 분수에 맞지 않게 과소비하는 주변 사람들의 행동을 따라 하지 않고 남과 비교하지 않으며 생활하는 태도가 자신의 삶을 능동적으로 이끌며 행복하고 즐겁게 사는 올바른 생활양식이라는 것이다. 그래서 나는 그동안 쌓아온 경험을 토대로 현재 내가 보유하고 있는 정신적·물질적·정서적인 것을 최대한 잘 활용하면서 간소하고 소박한 생활을 습관화하고 건강한 몸과 마음을 유지하도록 열심히 노력해 나가고 있다.

　우리가 보유하고 있는 모든 것은 자신이 숨 쉬고 있는 약 백년 동안 잠시 맡고 있는 것에 불과하다. 그러므로 살아있는 동안 이웃과 나눌 수 있는 기회가 주어진다면 감사하는 마음으로 받아들이고, 평소에도 베풀며 봉사하는 것이 바람직한 생활양식이라고 본다. 즉 육체와 마음·정신·감정을 잘 다스려 타인과 행복을 나누겠다는 열린 마음을 갖고 공감대를 형성하는 습관을 갖는 것은 매우 좋은 선행방법이라는 것이다. 부처가 말한 무재칠시[無財七施 : 안시(眼施), 심시(心施), 화안시(和顔施), 신시(身施), 방사시(房舍施), 언사시(言辭施), 상좌시(床座施)]와 같이 재물이나 돈이 없이도 남에게 베풀 수 있는 7가지를 때와 장소를 가리지 않고 수시로, 따뜻한 마음과 감정으로 실천하는 것이 좋다. 그러면 타인도 나처럼 자연스럽게 마음을 열게 되고, 그 결과 소통하고 융화할 수 있는 마음가짐으로 내게 다가올 것이다.

3장
조화롭고 평화로운 삶

자기 분수에 맞게 생활환경을 간소화시키자

노후에 바라는 것은 건강한 마음과 육체를 가지고 평화와 안정을 찾아가는 것일 것이다.

노후에 5년 내지 10년 내에 성취할 수 없는 꿈과 희망을 생각하거나 기획하는 것은 바람직하지 않다. 즉 실현 가능성이 적은 원대한 이상을 갖는 것보다 부담을 느끼지 않는 실현 가능한 꿈과 희망을 갖는 것이 훨씬 바람직하다는 것이다. 자기 분수에 맞게 정신적 또는 정서적으로 현실에 만족할 수 있도록 주변 환경을 정리해서 일상생활을 간소화하고 단순화시켜 나가야 한다. 그래야만 즐겁고 행복한 마음으로 현실을 감사하게 받아들일 수 있다.

자신의 현 위치와 분수를 먼저 파악하여 인정하고, 주어진 환경에 감사하며 무리하지 않는 범위 내에서 미래에 대한 기대와 희망을 갖는 것이 바람직한 생활양식이다. 자신이 바라는 기대와 희망을 매일 조금씩 개선해 나가는 사람은 올바르고 참다운 삶을 잘 배우고 실천해 나가는 사람이다. 이들은 겉보기에 가난하고 보잘것없는 것 같지만, 내면에는 항상 풍요로움과 여유가 충만해 있다. 그래서 이들의 행동과 마음은 조급하지 않고 넉넉하여 자신의 길을 뚜벅뚜벅 걸어가며, 자신감을 갖고 분수에 맞는 생활을 한다. 이런 생활양식이 행복하고 즐거운 삶을 사는 원동력이라는 것을 깨우치고 자신의 주변 환경에 만족하며 살아가는 것이다.

만약 자신이 처해 있는 현실에 만족하지 못한다면 물질, 명예, 지위뿐만 아니라 마음까지 욕망과 과욕으로 가득 차게 된다. 또한 자신이 가지고 있는 것이 귀하고 소중한 것이란 사실을 모르고 생활하기 쉽다. 때때로 자신의 분수에 맞지 않는 욕망을 지닌 채 허영과 사치로 포장하여 겉모습만 그럴듯한 생활을 하기도 한다. 그 결과 자신도 모르게 이런 생활에 익숙해져 남의 눈총을 받게 되며, 실속도 없고 알맹이도 없는 삶을 살게 된다는 사실조차 모르고 허송세월을 보내게 되는 것이다.

21세기를 살아가고 있는 우리는 경제적으로 여유로워져 대부분의 사람이 한두 번쯤은 해외여행을 다녀왔을 것이다. 해외여행을 가는 국가 중 우리보다 국민소득이 낮은 국가를 방문해서 그들의 생활상을 본 일이 있는가? 그들은 낮은 임금을 받으면서도 어렵고 힘든 하루 일을 마쳤다는 사실에 감사하며 행복한 마음으로 하루를 살아간다.

예를 들어 여행객을 인력거로 목적지까지 태워 주거나 무거운 여행객의 짐을 대신 짊어지면서도 즐겁고 행복해한다. 한국전쟁으로 초토화된 1950~1970년도까지만 해도 우리 역시 어렵고 힘들지만 일자리를 얻으면 그 자체를 감사하게 생각하며 하루하루를 보냈다. 그러나 우리 국민은 어려운 현실을 극복하기 위해 열심히 일하고 근검절약하여 지원받는 국가에서 지원하는 국가로 거듭 발전해 왔다. 이것은 우리가 처해 있는 입장을 정확하게 인식하고 자기 분수를 지키며 실현 가능한 목표를 가지고 꿈과 희망을 조금씩 개선해 왔기 때문에 가능한 일이었다.

따라서 분수에 넘치는 욕망을 벗어던지고 자신의 분수에 맞는 생활양식을 찾아 검소한 생활을 습관화하는 것이 좋다. 노후에 부귀영화를 쫓으며 허영심에 들떠 사치하는 것보다 검소하고 건강한 생활을 유지하는 것이 훨씬 바람직한 생활양식이라고 보는 것이다. 자신의 분수에 맞는 간소하고 소박한 생활을 통해 평화와 안정을 찾아 남은 삶을 즐겁고 행복하게 보내는 것이 노후를 건강하고 아름답게 보내는 올바르고 참다운 삶이라고 나는 생각한다.

주변 관계를 단순하고 간소하게 만들자

청소년기와 중년기를 넘어 노년기에 들어서면 그동안 축적된 삶의 문제가 복잡하고 난해하게 꼬여있기 십상이다. 가정과 사회, 직장과 각종 모임, 국가와 세계 등 모든 일이 인간관계로 인해 거미줄처럼 연결되어 있기 때문이다. 그래서 주변 상황에 따라 시시각각으로 내 이미지를 변화시키며 관리해야 하며, 다양한 문제와 잡다한 생각, 갈등 및 문제가 내 주변에 차곡차곡 쌓여 내 삶을 복잡하고 번잡하게 만든다. 이런 것은 대부분 나 자신이 만든 것으로 평소 마음의 짐을 지고 살아왔고 지금도 그 상태로 살아가고 있는 것이 현실이다.

그러므로 가능하다면 노년에는 나와 밀접한 관계가 없는 어수선한 문제들을 추려내어 과감히 없애고 주변 인간관계를 간편하게 정리하여 단순하고 간소한 생활양식을 만들어 가는 것이 좋다.

유대교 교리 중에 "열 명의 사람이 있으면 그중 한 사람은 반드시 나를 비판하고 싫어하며 좋아하지 않는다. 두 명은 서로 모든 것을 받아 주고 더 없는 벗이 된다. 나머지 일곱 명은 이도 저도 아닌 사람들이다."라는 말이 있다. 즉 나를 싫어하는 한 사람에게 주목할 것인지, 좋아하는 두 사람에게 주목할 것인지, 아니면 나머지 7명에 주목할 것인지에 따라 공동체 생활에서의 내 삶의 방향과 행동이 결정된다는 것이다. 어느 것을 선택하든지 간에 인간관계의 조화를 한쪽 면만 바라보고 평가하면 안 된다. 다양한 각도에서 생각하면서 자신의 존재 가치를 높이고 균형감각을 잃지 않도록 생활하는 것이 바람직하다.

삶의 고민은 통상적으로 인간관계에서 비롯되므로 노후에는 폭넓은 인간관계보다 지금까지 유지해 온 좋은 인간관계를 더욱 깊게 발전시켜 나가는 것이 훨씬 낫다고 나는 생각한다. 오해와 갈등, 사소한 문제, 다툼 등도 자주 만나는 사람들로부터 시작되므로 인간관계의 폭을 넓혀 복잡하고 난해한 문제를 계속 유발하는 것보다 자유롭고 편안하게 만들 수 있도록 인간관계를 간소화하는 생활이 훨씬 낫다. 즉 인간관계를 넓히는 것은 신중하게 생각하여 결정하는 것이 바람직하다고 보는 것이다.

먼저 나의 존재가치를 인정하고 타인을 신뢰하며 타인에게 공헌할 자세를 갖추고 있어야만 인간관계가 편해진다. 그래야만 조직 내에서도 내 삶의 가치를 찾을 수 있고, 타인과 조화를 이루면서 나아갈 수 있는 것이다. 더불어 타인의 문제와 내 문제를 분명히 구별할 줄 아는 자세도 필요하다. 타인이 나를 좋아하거나 싫어하는 것 등은 타인의 문제이지 내 문제가 아니라는 것을 알아야 한다. 역으로 내가 타인을 좋아하고 싫어하는 것도 내 문제이지 타인의 문제가 아니다.

한 예로서 나는 직장에서 알게 된 동료들이 친목 모임을 만들어 운영한다는 소식을 접하고 여기에 동참할 것인지 말 것인지를 밤새 고민해 보았다. 이때 참석할 것인지 말 것인지는 내가 결정할 문제이지 타인의 권유나 옛 동료라는 정에 이끌려 결정할 문제가 아니라는 것을 알았다.

고민 결과, 직장 조직 내에서 이루어진 수직관계가 퇴직한 이후에도 계속 이어진다면 부자연스러울 것 같다는 느낌을 받았다. 직장·동료·사회에서의 친목 모임이라면 조직에서 이뤄진 수직관계가 아니라 수평관계로 유지되어야 편하다는 것이다. 인간 대 인간으로서 친구를 만난 것 같은 편안한 자리가 마련되지 않는 직장 모임이라면 참석하지 않는 것이 더 자유로울 것 같다고 생각했다. 그래서 나는 주변 관계를 단순하고 간소하게 만드는데 더욱 집중하면서 나머지 시간은 자연과 소통하며 편안하게 살아가기로 결정했다.

주변 환경에 조화롭게 융화하며 살아가자

우리는 다양한 사람이 모여 사는 사회적 환경과 동·식물이 공존하는 자연적인 환경을 조화롭게 융화시켜 나가는 가운데 지속적으로 발전해 나가야 한다. 인간이 만물의 영장이라는 생각에 자연을 도구로 여겨 무분별하게 개발만 하면 자연 파괴로 인해 피해가 인간의 생활 터전을 파괴하는 것으로 돌아온다는 사실을 알아야 한다. 그러므로 인간과 자연은 상호보완적인 존재임을 알고 자연과의 조화와 균형을 중시해야 하는 것이다. 이것은 필연적인 것이다.

자연 속에 존재하는 인간이나 동·식물은 분수에 맞게 자신의 자리를 지키면서 서로의 환경에 피해와 부담을 주지 않아야 한다. 그래야 자연생태계가 온존하게 보존·유지되는 것이다. 인간들은 부모와 자녀, 형제와 남매, 가까운 친인척, 친구, 직장, 사회, 국가, 세계 속에서 인간관계를 맺을 때 균형 감각을 갖고 처신해야 모든 일을 수월하게 풀어나갈 수 있다.

자연 역시 자연대로 해와 구름, 나무와 풀, 토양과 바위, 미생물과 물고기, 토끼와 늑대, 사슴과 호랑이 등 자연 생태계의 먹이사슬로 이루어져 있으며, 모든 것이 천지의 조화와 균형을 맞춰 자리 잡고 있어야 한다. 그래야만 인간과 자연은 공존하며 서로 보완하면서 발전할 수 있고, 평화롭고 아름다운 생활을 유지할 수 있다.

계곡의 개울물은 시냇물이 되고, 시냇물이 모여 강물이 되고, 최종적으로 드넓은 바다로 흘러간다. 물은 어떠한 모양의 길과 웅덩이에도 불평불만 없이 채워주고 겸손하게 아래로만 흘러가는 것이다. 바람은 거대한 산맥이나 장벽 또는 아주 세세한 모기장 같은 것에 굴하지 않고 거침없이 앞으로 나아간다. 우리도 물과 바람처럼 말과 행동을 주변 환경에 알맞게 활용하여 사회적 도의에 거슬리지 않고 자유롭게 생활할 수 있도록 노력해야 한다. 그런 사람이 진실되고 참된 삶을 사는 것이다. 정말로 어려운 일이긴 하지만 이를 실천하려는 마음가짐을 갖고 매일매일 자신의 일상생활을 점검하고 일일신우일신 하며 개선해 나가려 노력하는 마음이 중요하다.

자연의 순환 이치에 따른 주변 환경 변화와 인간과 문명이 하나 되어 조화를 이루어 나갈 수 있는 지혜를 깨우치는 데 노력을 아끼지 않는 자세를 나는 수시로 배워 나가고 있다.

내가 먼저 타인 입장을 이해하고 포용해 보자

인간관계는 거미줄로처럼 복잡하고 질서정연하게 상호 연결되어 있어 그 안에서 생활하지 않을 수 없는 것이 현실이다. 가까운 가족, 이웃, 학교, 직장, 사회, 단체, 국가, 모임 등을 통해 알게 된 사람들과 인적 네트워크를 구성하여 평생을 살아가야 하는 것이 우리 삶이다. 그래서 고대 그리스 철학자 아리스토텔레스는 "인간은 사회적 동물이다."라고 했다.

일상생활 속에 맺은 인간관계는 고정되어 있지 않고 끊임없이 변하며 기쁨, 행복, 환희, 슬픔, 우울, 짜증 등으로 나타난다. 어느 때는 기쁘고 행복한 일을 축복해 준다. 또 다른 때는 슬프고 힘든 일을 나눈다. 그런 순간이 무수히 많이 일어나는 것이다. 만약 자신에게 축복받을 만한 일이나 괴롭고 힘들어 고통을 분담해주기를 원하는 일이 생겼을 때, 가까운 지인이나 친구들이 자신의 생각만큼 적극적으로 호응해 주지 않을 경우 섭섭함을 많이 느낀다. 심한 경우에는 배신감까지 들 때가 있다. 자신이 행한 만큼 자신에게 되돌아와야 한다는 사고방식(give and take)이 우리 마음속 깊이 자리매김하고 있기 때문에 이런 감정이 생기는 것이다.

예수님은 "왼손이 한 일은 오른손이 모르게 하라."라고 했다. 이 말씀은 남에게 선한 일을 행하는 것은 결코 칭찬받거나 자신이 행한 만큼 돌려받기를 바라며 행하는 것이 아니라는 것이다. 자신이 행한 일로 타인이 행복해지고 고통이 줄었다면 그것 자체로 만족하고 기쁨을 느껴야 한다. 즉 가까운 지인과 친구를 위해 자신이 행한 축복이나 고통 분담으로 인해 그들의 형편이 나아졌다면 그 자체로 만족하는 것이 바람직한 생활 태도라는 것이다.

내가 먼저 그들의 입장에 서서 박수를 쳐주고, 그들을 포용하면서 슬픔을 나누었음에도 그들이 내 입장에 서서 이해해주지 않더라도 섭섭해하거나 배신감을 갖지 않도록 마음을 다스리는 훈련을 꾸준히 해 나가야 한다. 그들의 행동을 용서하고 포용할 수 있도록 내가 먼저 노력해 나간다면 이 세상은 좀 더 밝은 세상이 될 것이다.

평상심을 갖고 중용의 지혜를 배우자

평상심이란 어떤 큰 위기나 위험한 순간, 고통스럽고 힘든 시기, 긴장하거나 깜짝 놀라 탄식한 뒤 평소 생활하고 있을 때와 같은 마음으로 돌아가 판단하고 결단할 수 있는 마음가짐을 말한다. 이런 마음가짐으로 모든 일을 이상과 현실의 중간 정도로 말하고 행동하며 처리하는 것을 '중용(中庸)'이라 한다.

국어사전에서 중용이란 '지나치거나 모자라지 아니하고 한쪽으로 치우치지도 아니한, 떳떳하며 변함이 없는 상태나 정도'를 말한다.

동양 철학의 기본 개념으로 사서 중 하나인 『중용(中庸)』에서 말하는 도덕론은 지나치거나 모자람이 없이 도리에 맞는 것이 '중(中)'이며, 평상적이고 불변적인 것이 '용(庸)'인 것이다. 아리스토텔레스의 덕론(德論)의 중심 개념상으로는 이성으로 욕망을 통제하고 지견(智見)에 의하여 과대와 과소가 아닌 올바른 중간을 정하는 것이라고 말하고 있다.

내가 이 중용이란 단어를 좋아하는 이유는 옳고 그름, 좋고 나쁨, 많고 적음, 크고 작음 등 어느 한쪽으로 편중되지 않고, 지나치거나 모자라지 않게 사리 판단을 할 수 있기 때문이다. 또 다른 이유는 개인의 이상(理想)에 너무 치우치지 않고 사회 공동체가 추구하는 이상(理想)의 가치까지 생각하면서 이들을 현실에 맞게 부합되도록 노력하는 것이기 때문이다. 내 주변에 일어나는 일을 중용적인 입장에서 말하고 실천으로 옮겨 내 삶을 영위해 가는 것이 올바르고 참다운 삶이고 성공적인 삶이라고 생각하기에 나는 이 단어를 매우 좋아한다.

우리는 평소 가능한 한 편안하고 행복하게 참다운 인간으로 살아갈 수 있도록 해야 한다. 이때 몸과 마음이 어느 한쪽으로 치우침이 없도록 갈고 닦는 습관을 자신의 몸에 익히기 위해 노력해야 한다. 살아가는데 많은 지식이 필요하지만, 적은 지식을 가지고도 누군가와 극단적으로 충돌하지 않는 중용의 지혜를 발휘할 수 있도록 평소 말과 행동을 배우겠다는 평상심을 갖고 생활하는 것이 좋다.

우리의 삶에는 정답도 없고 완벽한 스승도 없다. 따라서 노후의 삶을 자신의 주관적인 측면과 객관적인 측면을 조화롭게 포용하며 평화로운 주변 환경 속에서 아름답고 즐거운 삶을 살아가는 것이 바람직하다고 나는 생각한다.

기다리고 지켜봐 주며 가볍게 어깨동무 해주기

노년층은 청소년이나 장년층보다 인격이나 지식, 경험 등을 많이 가지고 있어 복잡하고 어려운 문제도 쉽게 해결할 수 있는 능력을 갖추고 있다. 그렇지만 과학기술이나 정보통신, 인공지능 등의 발전으로 인해 하루가 다르게 변하고 있는 현시대에 적응할 수 있는 순발력이나 학습 능력은 청소년이나 장년층보다 많이 뒤떨어진다. 따라서 노년에는 가능하다면 일의 전면에 나서기보다는 뒤에서 포용하고 조용히 기다려주는 원숙한 면을 보여주는 것이 훨씬 아름다워 보인다.

우리가 살아온 지난 과정과 앞으로 살아갈 미래 과정을 비교하여 곰곰이 생각해 본다면, 노년은 많은 것이 내 주변에서 멀어져 가는 외로움과 쓸쓸함을 뼛속 깊이 느끼며 살아가는 과정이다. 건강과 재물, 직장과 친구, 꿈과 희망 등 하나둘 내 곁을 떠나가는 시기인 것이다. 그러므로 무리한 성취욕보다 자연의 순리에 맞게 적응해 나가는 지혜를 깨우치는데 많은 노력을 기울이는 것이 바람직하다. 청년과 장년 시대에 못지않게 노후 시대에도 열과 성을 다해 노력해야 자유롭고 풍요로운 삶을 살아갈 수 있다. 특히 건강을 잃으면 세상 온갖 것이 의미가 없어지므로 건강관리를 철저히 하는 것이 좋다. 또한 기본적인 의식주는 스스로 해결할 수 있을 정도의 최소한의 재원을 항상 확보하고 있어야 생활에 불편을 느끼지 않는다. 고독과 소외감을 느끼지 않을 정도의 친구와 소일거리를 만들어 생활할 수 있도록 노력하는 자세 또한 필요할 것이다.

이렇게 내가 노후준비를 철저히 노력한다손 치더라도 기껏해야 20~30년 남짓한 삶을 사는 것이므로, 자연과 함께 어깨동무하면서 아름답고 평화롭게 삶을 마무리하겠다는 꿈과 희망을 갖고 노력하며 사는 것이 중요하다.

노후의 삶은 완벽함을 추구하기보다는 조금은 서투르고 실수를 하더라도 천천히 해결하려는 자세가 필요하다. 이것이 아름답고 인간적인 황혼을 맞이하는 좋은 방법일 것이다. 어떤 일을 결정할 때에는 각자의 특성에 맞게 결정할 수 있도록 믿고 기다려 주는 것이다. 나이가 들면 마음은 청춘이나 몸은 생각하는 만큼 따라주지 않는 현실을 마주하게 된다. 조금은 힘들고 어려워도 어떤 일이든 스스로 할 수 있도록 건강관리를 열심히 해줘야 한다. 그리고 원숙한 성인으로서 타인과 어깨동무 하며 독려해 주는 것이 더욱 큰 위안이나 든든함을 주는 것이라 생각한다.

조그마한 덕(德)과 자비(慈悲)라도 실행하자

춘추시대의 철학가 노자(老子)는 "최상의 선은 물과 같다(上善若

水)."라고 했다. 물은 둥글거나 네모진 것, 항아리나 접시 같은 그릇, 깊고 얕은 곳, 직선형 물길이나 구불구불한 나선형 물길에 관계없이 어떤 형태도 가리지 않고 필요한 만큼 채워주며 항상 낮은 곳으로 흘러간다. 또한 만물을 이롭게 하면서도 자기를 내세우지 않으며, 남과 다투지 않고 부드러우며 겸손하기까지 한 것이다.

얼마 전에 불곡산을 등산하고 집으로 내려오는 길에 60대 중반의 등산객 두 명을 만났다. 그들 중 한 명은 앞서가는 동행자의 배낭 뒤에 손을 얹고 뒤좇아 가고 있었다. 계단과 바위, 나무가 뒤엉켜 있는 내리막길에 다다랐다. 여기는 평범한 사람도 조심조심 내려가야 하는 위험한 곳이다. 앞서가는 등산객이 계속 앞에 있는 길 상태를 뒤에 오는 등산객에게 작은 목소리로 알려준다. 난간 밧줄이 있는 곳에서는 주변의 상태를 알려주는 동행자의 말에 귀를 기울이고 밧줄을 잡은 뒤 한 발 한 발 조심스럽게 내딛으며 앞으로 나아간다. 나는 뒤에서 두 등산객이 거칠고 위험한 등산길을 함께하는 아름다운 모습을 가만히 지켜보았다. 등불 역할을 해주는 등산객이 가족인지, 도우미인지, 친구인지는 알 수 없었지만, 어둠 속에 신선한 공기를 마시러 나온 앞 못 보는 등산객을 안내하는 모습을 통해 밝음과 어둠의 조화가 어우러져 있는 듯하였다. 정말 보기 좋은 장면이었다. 내 주변 사람에게 자신의 여건에 맞는 도움을 주는 조그만 행위가 이렇게 아름답다는 것을 새삼 느꼈다.

자신의 위치와 분수에 맞게 주변 사람들에게 덕(德)과 자비(慈悲)를 베풀고 배려해 주는 마음을 갖고 있다면 행복하고 아름다운 삶을 살아갈 것이다. 크거나 거창하지는 않지만, 그 작은 배려의 마음씨가 우리 마음을 더욱 넉넉하게 해주는 것이다. 일상생활 속에서 자연스럽게 작은 선행이나 덕을 베풀기 위해서는 남을 배려하겠다는 마음과 선한 말, 올바른 행동을 실천할 수 있는 자세와 행동력을 평소에 갖춰 두어야 한다. 즉 상식적으로 행해야 하는 아주 작은 덕이나 자비일지라도 생각하고만 있지 않고 의지를 가지고 실천으로 옮겨야 한다는 것이다. 나는 이런 자세를 습관화하려는 마음가짐을 지닌 채 생활해 나가고 있다.

대화를 통한 소통의 길을 열어 두자

대화를 통해 소통을 잘하는 사람은 상대방과 정서적으로 유대감을 갖고 공감대를 형성하며 상대방의 얘기에 귀를 기울이고 잘 들어주는 사람이다. 또한 상대방이 듣기 좋은 말과 어감을 사용함으로써 인간적인 따뜻함과 상쾌함을 느낄 수 있는 밝은 목소리로 전달하는 사람일 것이다. 지금까지 나온 최상의 경청 방법으로 상대방과 같이 행동해서 맞장구쳐주는 거울 기법이라는 것이 있다. 이것은 상대방이 웃으면 같이 웃어주고, 박수 치면 같이 박수를 치고, 어깨를 움직이면 무의식적으로 어깨를 함께 움직여주는 행동을 보임으로써 상대방에게 내 마음을 허락했다는 것을 표현해 주는 방법을 말한다.

미국 데일 카네기(Dale Carnegie)는 "다른 사람의 이야기를 진지하게 들어주는 경청의 태도는 우리가 다른 사람에게 보일 수 있는 최고의 찬사 가운데 하나이다."라고 했다. 따라서 상대방과 좋은 대화를 나누고자 할 때는 자신이 하고 싶은 말을 먼저 하려고 상대방의 말을 중간에 자르거나 먼저 나서지 않는 것이 좋다. 또한 자신이 가지고 있는 편견과 주관적인 생각을 버리고 상대방에게 관심을 갖고 집중하며 왜곡됨 없이 들어주어야 공감대를 형성할 수 있다. 내가 잘났다고 자신을 내세워서는 안 되며, 상대방의 말의 요점과 특별한 사항을 파악하여 상대방의 자존심을 건드리지 않도록 신경 쓰고 주의해야 좋은 대화가 오고갈 수 있는 것이다.

인간은 사회적 동물이기 때문에 가족 또는 사회 구성원 간의 소통이 잘 되어야 원만한 인간관계를 유지할 수 있다. 만약 대화 없이 주변 사람들의 얘기만 듣고 일방적으로 말을 전달하거나 행동으로 옮기게 되면 어느 한 쪽 편만 들어주게 되고, 그 결과 진실이 왜곡되거나 상대방의 오해를 불러일으킬 수 있다. 한

번 말을 꺼내면 다시 주워 담을 수 없기 때문에, 이를 함부로 행동으로 옮긴다면 돌이킬 수 없는 실수를 범할 수도 있다. 따라서 대화를 통한 소통을 잘하려면 상대방의 말을 귀로 듣는 것이 아니라 가슴으로 듣고, 긍정적으로 반응하며, 동의한다는 행동을 대화 중간에 자주 해주는 것이 바람직하다고 생각한다. 그리고 명확하고 밝은 목소리로 상대방이 이해할 수 있는 언어를 느낌이 좋은 어감으로 표현해야 좋은 분위기를 유지하며 소통할 수 있는 것이다.

자연의 변화와 순환을 인정하며 살아가기

'평범한 샐러리맨이라면 퇴직 후 자유 시간을 어떻게 보내야 즐겁고 행복한 생활이라 할 수 있을까?' 하고 고민해 본다.

대부분 학교를 졸업하고 취업해 결혼한 후, 가정을 꾸려 아이 낳고 키우면서 연봉과 사회적 지위를 높이며 살아오다가 퇴직하게 된다. 이것이 평범하고 소박한 사람들의 인생 과정이다. 빠르면 직장을 다니면서 자녀를 결혼시키는 행운을 얻을 수 있지만, 그렇지 않을 경우 직장을 떠난 뒤에 자녀의 결혼을 지켜보며 노후를 맞이하는 것이다.

직장에 들어갈 때는 순서가 있지만 나올 때는 순서가 없다. 그래서 샐러리맨은 퇴직 후 맞이하는 자유 시간을 어떻게 보내야 할지 고민하고 사전에 준비를 많이 해야 한다. 만약 준비 없이 퇴직한다면 어찌할 바를 몰라 허둥지둥하다가 많은 시간을 낭비하게 되고, 우울증에 빠져 건강을 해치는 경우가 많다. 반면에 퇴직 전에 준비를 철저히 한다면 남은 20~30년의 노후 생활을 즐겁고 행복하게 지내며 아름다운 마무리를 할 수 있다.

나는 40대 초반에 심근경색 허혈증과 고혈압, 지방간 초기 증상이 나타나서 술과 담배를 끊고 이른 아침에 일어나 새벽 운동을 하면서 심근경색 허혈증과 지방간을 2년이란 짧은 기간에 고쳤다. 이를 계기로 어느 날 갑자기 찾아올 퇴직을 미리 준비해둬야겠다는 생각을 가지게 되었다. 그래서 자전거로 출·퇴근하며 근검절약하고, 퇴직 후 자유 시간을 어떻게 보낼 것인지에 대해 틈나는 대로 인터넷 자료와 관련 책을 뒤지며 조사했다. 조기 퇴직을 예견이나 했던 것처럼 그렇게 생활하던 2012년, 내게 대장암 3기라는 무서운 질병이 찾아와 잘 나가던 공직생활을 마무리해야 했다. 57세에 이루어진 명예퇴직. 퇴직하기 전까지만 하더라도 건강에는 자신이 있다고 생각했다. 왜냐하면 술·담배를 끊고 자전거로 출·퇴근을 함으로써 다리 근육과 심폐기능이 강화되어 건강이 정상 궤도로 돌아와 격년제로 실시하는 정기 건강검진에서 별 이상이 없다는 결과를 받았기 때문이다. 그럼에도 불구하고 어떤 특별한 징후도 없이 내게 생존율이 50%밖에 안 되는 대장암이 나타났다. 맑은 하늘에서 벼락 치듯, 말 그대로 청천벽력

(靑天霹靂) 같은 일이 일어난 것이다.

　　나는 평소 "선비란 살면서 세상을 경영하는 포부를 갖는 법인데, 마음과 일이 어긋나거나 공적과 시대가 맞지 않거나 몸이 쇠하여 일이 권태롭거나 하면 관직에서 물러나는 것이 자기 허물을 잘 고치는 것."이라는 말씀을 명심하고 있었다. 그래서 나는 대장암을 계기로 조기에 관직에서 물러나는 것을 실천으로 옮겨 20세 초반부터 시작한 33년간의 공직생활을 미련 없이 마감하기로 결정했다.

　　퇴직 후 대장암 투병을 하면서 항암치료, 장 폐쇄 3번, 스텐트 삽입 시술 2번, 대장 수술 2번을 받으며 어렵고 힘든 시간을 보냈다. 이로 인해 정신적 섬망 증세까지 닥쳐와 죽음의 문턱을 1년 사이에 5번이나 오고 갔다. 그러나 나는 57세의 나이에 삶을 마감하기에는 아직 젊다는 생각과 가정을 지켜야겠다는 집념으로 이 모든 고통을 이겨냈다. 또한 대장암과 투쟁하는 중에도 건강한 육체에서 건전한 생각이 싹튼다는 생각에 약해진 신체를 강화하기 위해 자전거 타기를 계속해 2015년에는 4대강 및 국토 종주를 완주했다. 한편으로는 죽음에 대한 공포와 우울증을 없애고 소일거리를 만들기 위해 2013년도 한국방송통신대학교 영어영문학과에 편입학하여 정신적 수양까지 했다.

　　효과는 대단했다. 2018년에 우수한 성적으로 문학사 학위를 받았고, 대장암 완치 판결(5년)까지 받은 것이다. 그리고 같은 해에 4개의 꿈을 이룬 내 인생 역전 드라마를 자기 계발서로 적어서 자서전을 출판하기도 했다. 처음으로 출간한 책에는 어려운 환경 속에서도 자연의 변화와 순환을 따르며, 꿈과 희망을 놓지 않고 올바르고 참다운 삶이란 목표를 향해 꾸준히 노력해 온 내 인생 과정을 진솔하게 담고 있다.

나는 젊었을 때 열정과 열의를 가지고 당면한 과제를 단계적으로 추진함으로써 나 자신의 꿈과 희망을 하나씩 성취하며 성장해 왔다. 마찬가지로 퇴직 후에 얻게 된 많은 자유 시간도 젊은 시절처럼 열심히 노력하는 시간으로 활용해야만 약 30년 이어질 백수(白手)의 삶을 즐겁고 행복하게 보낼 수 있으며 아름답게 마무리할 수 있을 것이라고 생각했다. 그래서 나는 우리 집 앞마당에 채소와 꽃을 가꾸고 집 뒤편에 있는 불곡산을 산책하면서 나무와 숲, 새와 다람쥐, 개울물, 야생화 등을 보고 듣고 느끼며 몸과 마음, 눈으로 자연 생태계의 변화를 관찰해 오고 있다.

산책 중에는 간간히 고개를 들어 나뭇가지 사이로 비추는 햇살과 푸른 하늘에 떠 있는 구름을 보고, 아름다운 꽃망울을 흔드는 산들바람, 풀잎끼리 부딪치는 소리, 풀벌레 소리에 귀를 기울여 보기도 한다. 그렇게 서로 어우러져 퍼져나가는 오묘한 자연의 합창곡을 들으면서 자연의 변화와 순환을 인정하며 살아가고 있는 것이다.

자연 속으로 평화롭게 돌아가는 꿈을 가져 보자

우주에는 우리에게 알려지지 않은 은하계가 수천억 개나 된다. 우리가 머물고 있는 은하계는 천체망원경 또는 허블 우주 망원경으로 볼 수 있는 아주 작은 일부분으로, 우주에는 태양과 같은 별이 약 2,000억 개나 존재하고 있다고 하니 밤하늘에 떠 있는 별들이 신기롭고 아름답게 보인다.

45억 년 전에 원시 지구와 테이아의 거대 충돌로 태양계가 형성되어 우리가 살고 있는 지구와 달이 탄생했다. 지구에 바다가 생겨 생명체가 탄생했다는 가설에 따르면, 약 400만 년 전 아프리카에서 원숭이가 최초의 인간으로 진화를 거듭하고 유럽, 아시아, 아메리카로 이동하면서 현재 우리 인류가 존재하게 되었다.

우리나라의 시작은 충북 청주에서 소로리 볍씨가 발견된 약 1만 5,000년 전으로 추정하고 있다. 그리고 기원전 2333년에 고조선을 건국한 단군신화를 시작으로 기원전 69년에 박혁거세가 박과 같은 알에서 태어나 신라를 세웠다는 신화를 기반으로 지금 내가 존재하고 있다. 이런 유구한 역사 속에 내 삶은 고작 100세를 넘기기 어렵다. 그 정도로 나는 아주 미미한 존재이다. 하지만 이 짧은 시기에도 수많은 변화와 갈등, 고통과 고뇌를 겪으며 살다가 죽음을 맞이하는 것이 자연의 이치이다. 인간의 죽음은 정해진 기간이 없어 어린 나이에, 꽃다운 청춘에, 중후한 중년에, 노후에 각각의 방식에 따라 자연의 품으로 돌아간다. 즉 죽음이 어떠한 방법으로, 어떤 시기에 다가올지는 아무도 모른다.

우리는 삶과 죽음에 대해 심사숙고하고 주어진 삶을 신중하게 살아가는 자세를 가져야 한다. 또한 언제 닥칠지 모르는 죽음을 편안하게 맞이하여 평화롭게 자연으로 돌아가는 꿈을 가져야 한다. 그리고 노후에는 우리에게 얼마 남지 않은 시간을 보람차고 의미 있게 보내기 위해 올바르고 참다운 삶을 찾으며 살아야 하고, 그 결과 아름답고 평화로운 죽음을 맞이할 수 있도록 준비해야 한다.

나는 유한한 삶을 인식하고 남은 시간을 보람차고 평범하며 즐겁게 살아야겠다는 생각을 한다. 과거인 60년은 훌쩍 지나가 버렸고, 앞으로 남은 시간은 길어봐야 20년 내지 30년 남짓하다. 많은 시간이 남았다고 생각하는 것이나, 10년짜리 계획을 고작 두세 개밖에 세울 수 없다고 푸념하는 것이나 지금의 내겐 큰 의미가 없다는 생각이 든다. 그래서 나는 지금 이 순간, 내가 존재하고 있다는 사실 자체에 감사하고 현실을 그대로 인정하면서 즐겁고 행복한 생활을 보내기로 마음먹었다. 자신만을 믿고 자만하거나 이기적인 삶을 사는 대신, 타인을 신뢰하며 타인을 위해 공헌하도록 노력함으로써 참되고 행복한 삶을 이끌어가 보자고 나 자신을 다독여 보는 것이다.

그렇다면 나는 지금 무엇을 하고 있는가? 지금 이 순간 보람되고 알찬 삶을 보내고 있는 것인가? 진정 내가 큰 인물은 되지 못할지라도 평범하고 소박한 인간으로서 삶을 잘 살아가고 있는 것인가? 타의 모범이 되고 있는 것인가? 내가 짧은 시한부의 삶을 살고 있다고 가정한다면, 지금 당장 아름다운 마무리를 하고 자연 품으로 돌아가도 문제없는 마음가짐을 갖추고 있기는 한 것인가? 그래서 가족, 친인척, 친구, 이웃 등 내 주변 사람들에게 참되고 모범적인 삶을 살았다고 인정받을 수 있는 것인가?

이런 생각을 하면서 내 내면 속에 빠져 본다.

이런저런 생각을 몇 날 며칠 고민해 보아도 올바른 정답을 찾는 건 쉬운 것이 아님을 깨닫고 생각을 접는다. 다음에 다시 한 번 생각해 보기로 하고 일상생활 속으로 다시 돌아간다. 이런 생활을 반복하다가 이 책을 적는 바로 이 순간, 현시점에서 결코 정답이 아님을 알면서도 내 나름대로 결론을 내려 보는 것이다.

먼저 타인의 인정이나 주목을 받기 위해 눈치를 보면서 수동적으로 사는 것보다 자신감과 자긍심을 갖고 떳떳하고 당당하며 긍정적이고 낙천적인 자세로 삶을 열심히 살아가는 것이 중요하다는 것을 알았다.

물과 바람처럼 그 어느 것과도 싸우지 않고 주어진 여건에 맞게 행동하면서 타인의 불편과 부담을 초래하지 않도록 노력해야 한다는 것도 깨달았다.

마지막으로 자연을 비롯해 주변 사람들과 조화롭게 살아가야 함을 깨달았다. 최종적으로 평화롭고 아름다운 죽음을 맞이하며 자연의 품속으로 돌아가는 꿈과 희망을 가져 보는 것이다.

PART 4

평범하고
진솔한 삶

1장
살아 있음에 감사하는 마음

행복한 삶과 참다운 삶이란 무엇인가?

평범하고 소박한 인생을 살아가는 사람이 올바르고 성실한 마음을 가지고 자신의 삶을 긍정적이고 낙천적으로 이끌어 간다면 행복은 저절로 따라붙는다고 생각한다. 그리고 이런 행복한 삶은 자신이 생각하고 느끼고 바라보는 관점을 어떻게 가지느냐에 따라 달라지는 것과 같다.

예를 들면 유럽을 제패한 나폴레옹 황제는 죽을 때 "내 생에 행복한 날은 8일 밖에 없었다."라고 고백했다고 한다. 그런데 리더스 다이제스트에서 선정한 20세기 최고의 수필가인 헬렌 켈러는 눈이 멀어 볼 수 없었고 귀가 먹어 들을 수 없었음에도 "내 생에 행복하지 않은 날은 단 하루도 없었다."라고 말했다는 것이다.

이처럼 개인의 성향에 따라 자신의 삶에 대한 행복과 만족도는 상당히 다르게 느껴진다는 것을 알 수 있다. 평범하고 소박한 사람이 볼 때, 천하를 호령했던 나폴레옹 황제가 헬렌 켈러보다 훨씬 더 행복했을 것 같은데 정작 그렇지 않은 것을 보면 아이러니하다.

인생에는 불행한 사건이 수없이 생기지만, 이를 어떻게 대응하고 이겨 내느냐에 따라 행복과 불행이 정해지는 것이다. 행복한 삶을 추구하는 사람은 자신의 앞을 막아선 불행한 사건에 얽매이거나 집착하지 않고 삶 그 자체로 받아들여 살만한 가치가 있다는 신념을 가지고 있다. 이들은 자신이 그 당시 누릴 수 있는 즐겁고 행복한 분야에 더욱 관심을 가진다. 그리고 편안하고 아늑한 휴식처를 마음속에 그리며 생활하는 긍정적이고 낙천적인 자세를 갖추고 있는 사람이다.

우리가 평소 아름답고 즐거운 삶에 관심을 갖고 현실에 만족하며 살아간다면, 그것 자체가 평범하고 소박한 사람이 즐기는 행복한 삶일 것이다.

결국 행복한 삶이란 성공이냐 실패냐가 아니라, 의지와 용기를 가지고 내게 주어진 환경을 올바른 방향으로 꾸준히 개선해나가며 내가 바라는 대로 이끌어 가는 진실하고 성실한 마음가짐에 달려 있다고 본다. 그러므로 행복한 삶을 살아가기 위해서는 남과 비교하지 말고, 있는 그대로 사물을 바라보며, 삶 그 자체에 만족하고 살 만한 가치가 있음에 감사하는 마음가짐을 갖는 것이 필요하다. 또한 타인에게 단 한 가지라도 쓸모 있는 말과 행동을 해야 하며, 밝고 유쾌한 생활관을 바탕으로 평범하고 소박한 마음가짐을 갖춰야 한다. 그 후에 자신이 좋아하는 일과 취미를 소신껏 해 나가는 것이 바로 행복한 삶을 위한 조건이라 생각한다.

참다운 삶이란 자신이 가지고 있는 것을 사심(私心) 없이 나눠주고 욕심을 자제하며 자연 속에서 살아 숨 쉬고 있음에 만족하고 감사할 줄 아는 것이다. 그리고 자연과 공존하며 손잡고 살아갈 줄 아는 것이다. 자신의 마음을 활짝 열어 놓고, 착하고 정직하며 성실한 자세로 매사에 임해야 한다. 그런 자세로 자연과 세상에 다가가 평화롭고 아름다운 삶을 살아가야 하는 것이다. 평범하고 소박한 사람이 살아가는 올바르고 참다운 삶이란, 이런 것이란 생각이 든다.

이 세상에는 다양한 삶과 생활양식이 있겠지만, 우리가 느끼고자 하는 기쁨과 행복은 지금 있는 그 자리에서 찾으면 되는 것이라고 나는 생각한다. 왜냐하면 올림픽에 나가서 일등을 한 사람이 느끼는 기쁨이나, 헐벗고 굶주린 아프리카 빈민가에서 갓 태어난 아이를 보고 부모가 느끼는 기쁨이나, 긴 겨울잠에서 깨어나 낙엽을 헤치고 꽃망울을 내밀어 아름다운 꽃을 피우는 모습을 보고 등산하는 사람이 느끼는 기쁨이나 큰 차이가 없을 것이라 생각하기 때문이다. 어디까지나 자신의 위치에서 다양한 형태의 기쁨을 느끼고 있을 뿐이니까.

여기에서 내가 좋아하는 지혜로운 삶, 참다운 삶에 대해 기록하고 있는 인도 불교 경전 중 하나인『잡보장경(雜寶藏經)』권제삼 용왕게연(卷第三 龍王揭緣)에 나오는 내용을 적어 본다.

유리하다고 교만하지 말고 불리하다고 비굴하지 마라. 무엇을 들었다고 쉽게 행동하지 말고 그것이 사실인지 깊게 생각하여 이치가 명확할 때 과감히 행동하라.

벙어리처럼 침묵하고 임금님처럼 말하며 눈처럼 냉정하고 불처럼 뜨거워라. 태산 같은 자부심을 갖고 누운 풀처럼 자기를 낮추어라.

역경을 참아 이겨내고 형편이 잘 풀릴 때를 조심하라. 재물을 오물처럼 볼 줄도 알고 터지는 분노를 잘 다스려라.

때로는 마음껏 풍류를 즐기고 사슴처럼 두려워할 줄 알고 호랑이처럼 무섭고 사나워져라.

이것이 지혜로운 이의 삶이니라.

삶과 죽음의 아름다운 자연 이치

인간은 시간이 흐르면 자연계의 순환 원리에 거역하지 못하고 죽음을 맞이해야 하는 아주 미미한 존재이다. 인생은 문제와 고통이 연속으로 일어나며, 그 모든 것을 자신의 품에 안고 평생 살아가는 것이다. 우리가 삶이 힘들다는 것을 인정하게 되면 인생을 살면서 닥쳐오는 문제와 고통을 감내하고 해결해 나가는 것을 당연시할 수 있다.

문제가 발생하면 문제의 본질에 따라 절망, 외로움, 걱정, 고뇌, 두려움, 좌절 등과 같은 감정을 느끼게 된다. 이런 감정을 극복하기 위해서 직면한 문제와 고통을 빨리 인정하고 원만한 해결점을 찾아 적시에 문제를 풀어간다면 삶이 더 이상 힘들지 않고 즐거움과 기쁨으로 충만할 수 있다.

우리는 주변 또는 자연의 변화에 따라 기쁨과 노여움, 슬픔과 즐거움(喜怒哀樂)을 느끼게 된다. 우리의 삶은 이런 희로애락의 변화 속에서도 흔들리지 않고 평화로움과 안정을 유지하기 위해 끊임없이 노력하며 꿋꿋이 살아가는 과정인 것이다. 이때 내게 주어진 모든 문제에 적극적이고 낙천적으로 대처하면서 평상심을 갖고 행동해 나가는 것이 올바른 행동양식이라 생각한다. 세상의 모든 문제가 영구불변하지 않고 끊임없이 변화하는 것과 같이, 우리 주변 또는 자연 속에서 발생하는 문제로 인한 모든 고통도 살아 숨 쉬고 있는 이상 언젠가는 지나갈 것이라는 긍정적인 자세, 그것이 진정 아름답고 참다운 것이다.

자연계의 탄생과 소멸은 항상 공존공영(共存共榮)하고, 자연현상에 따라 약육강식(弱肉强食)하며, 순환하는 것이다. 만물의 영장이라 주장하는 인간도 우주에 존재하는 모든 생명체처럼 아주 미미한 존재로서 백 년을 넘기기 어려운 유한한 삶을 살다가 자연 속으로 돌아간다.

우리는 살아 있을 때 야채, 과일, 물고기, 고기 등을 먹고 살아간다. 그리고 작은 결핵균 등에 의해 죽으면 육신은 벌레와 미생물의 먹이가 되고, 벌레와 미생물은 개구리, 새와 물고기의 밥이 된다. 그리고 개구리와 새, 물고기는 솔개와 늑대 등의 육식동물의 먹이가 된다. 육신 일부분은 나무와 야채, 풀이 자랄 수 있는 거름이 되고, 나무와 야채, 풀은 사슴, 토끼와 같은 초식 동물의 밥이 되는 등 자연 속에서 순환하는 것이다. 따라서 동·식물의 개체 수는 인간이 인위적으로 조정하는 것보다 자연스럽게 순환하도록 자연생태계에 맡기는 것이 바람직하다. 자연 현상에 의해 일어나는 약육강식으로 공존공영하며 자연스럽게 순환하도록 적절한 균형을 유지해야 한다.

남녀가 만나 사랑을 하고 성관계를 맺으면 정자 중 하나가 여자의 질 속에 있는 험난한 장애물을 거쳐 운 좋게 난자와 만나 결합하고, 한 명의 인간이 되어 아름다운 이 지구에 태어난다. 그리고 약 백 년간 즐겁고 행복한 삶을 찾기 위해 저마다 껴안고 있는 문제와 고통을 해결하며 열심히 살다가 죽음을 맞이하게 된다. 한 줌의 흙으로 변해 어머니 품과 같은 대지 속으로 돌아가는 것이다. 결국 우리는 살아 있는 동안 자연계의 무엇인가에 조그마한 도움을 주고, 죽어서는 천국 또는 극락세계에서 다시 태어나게 된다. 이런 유한한 삶과 죽음이라는 아름다운 자연의 이치를 빨리 깨달은 것이 좋다.

풍족한 삶도 아니고, 그렇다고 가난한 삶도 아닌 평범하고 소박한 삶을 살다가 인생을 마치고 한 줌의 흙이 되어 자연의 품으로 돌아간다고 가정해 본다. 내게 주어진 여건 속에 최선을 다했고, 만족하며 살아왔기에 나 자신은 아쉬울 것이 없다. 그런 나를 잃어서 슬퍼하고 헤어진다는 사실이 아쉬워 내 영결식장을 찾아 주는 사람이 있다면 그래도 잘 살아 온 것이 아닌가? 돈이 많아서, 직위가 높아서, 명예가 있어서가 아니라, 단순히 나를 사랑하기 때문에, 그런 나를 다시는 만날 수 없기 때문에 마음 아파해 줄 사람이 있다는 것이 내 가치가 아직까지 살아 있다는 것을 증명해 주기 때문이다.

그래서 나는 물질적·정신적·정서적으로 현재 내가 처해 있는 위치에서 만족하며 살아가다가 내가 사랑하는 사람 또는 나를 사랑하는 사람 한두 명을 내 곁에 두고 행복하고 아름답게 삶을 마무리할 수 있도록 지금도 일일신우일신(日日新又日新) 하며 열심히 살아가고자 노력하고 있는 것이다.

수동적인 삶과 능동적인 삶의 차이

우리는 선진국 국민에 비해 남의 눈치를 많이 살피고 수동적으로 생활한다. 이것은 자신의 삶을 능동적으로 살아가야 하는 바람직한 삶과는 거리가 먼 생활양식이라 생각한다. 물론 경우에 따라서는 주변 사람들이 눈살을 찌푸리게 않도록 눈치를 보며 옷맵시나 행동에 주의하고 수동적으로 처신해야 할 때도 있다. 하지만 특별히 주의해야 하는 분위기가 아니라면 자유로운 복장과 행동으로 자신이 하고 싶은 대로 처신하는 것이 좋을 것 같다. 우리는 오래된 관습이나 생활 습관에 따라 타인과 비교하거나 지나친 타인의 옷맵시와 행동 등에 관심을 가져 타인에게 부담을 주는 경우가 많기 때문이다. 최근에는 가까운 슈퍼마켓에 들리거나 동네를 산책할 때 운동복 차림으로 집 밖에 나서거나 자유로운 복장으로 출근하는 것에 대한 거부감이나 눈치를 주는 것이 없어져 많은 부분이 개선되었다. 그러나 아직도 산을 오르면 남을 의식해서인지 고아텍스 등산복을 입고 있는 사람이 있고, 남의 개인적인 일에 지나치게 관심을 갖고 관여해 불편하고 짜증 나는 경우가 종종 있다.

대학생을 대상으로 자신에게 어울리지 않는 민망스러운 옷을 입고 학교에 가서 얼마나 내가 입은 옷을 주변 사람들이 기억하고 있는지 조사한 적이 있다. 그 결과 응답자 중 8%밖에 기억하지 못했다는 예상외의 결과가 나왔다. 이 설문조사처럼 주변 사람들이 나를 주시하고 있는 경우는 별로 없는 것이다.

그런데 많은 사람이 남이 나를 주시하고 있다는 착각에 빠져 수동적으로 살아가고 있다. 물론 남의 이목을 받고 남과 비교하면서 자신을 성장시켜 나가는 것은 평범하고 소박한 사람들의 보편적인 생활양식이다. 그러나 지나치게 타인의 이목에 집중하거나 남과 자신을 비교하는 것은 좋지 않다고 생각한다. 오히려 자기의 정체성을 찾고 타인에게 피해와 부담을 주지 않는 범위 내에서 자신의 길을 떳떳하게 살아가는 것이 올바르고 참다운 삶의 모습이 아닐까? 이런 삶을 살면 더욱 자유로워져 행복하고 멋진, 즐거운 인생을 누리는 날이 점점 많아질 것이다.

평범하고 소박한 사람으로서 즐겁고 행복한 인생을 누리며 참다운 삶을 살아가기 위해서는, 생활을 유지하기 위한 최소한의 노동을 하면서도 자신의 삶을 능동적으로 살아가는 자세가 필요하다.

대부분의 사람은 일정한 직업을 가지고 아침에 일어나 직장에 출근해 일하고 저녁에 퇴근하여 가족과 함께 지내는 생활을 다람쥐 쳇바퀴 돌듯 반복한다. 그러나 이런 반복적인 일상생활에 익숙해지고 중독되어 버리면 삶의 깊은 의미를 잃어버리기 쉽다. 이런 생활양식은 우리가 살아가야 하는 진정한 삶의 의미를 능동적으로 찾지 못하고, 결과적으로 내 삶의 본질과는 무관한 행동이나 편견에 치우쳐 타인의 눈치를 보면서 수동적으로 살아가게 되기 때문이다.

우리는 남의 이목에 맞춰 타인으로부터 칭찬받고 잘 보이기 위해 살거나, 사회조직에서 요구하는 일에 깊이 관여하여 복잡하고 난해한 문제에 얽혀 있다. 그 결과 능동적인 삶보다 수동적인 삶을 살고, 자신도 모르게 남에게 이끌려 가는 생활에 익숙해져 있다. 즉 타인의 눈치를 보고, 내 삶이 타인의 손짓에 끌려다니고 있다는 사실조차 모른 채 생활하고 있는 것이 대부분이란 것이다.

따라서 우리는 자기의 삶을 주도적이고 능동적으로 이끌어 가기 위해 일상생활 양식을 간소화하고 단순화시켜 물질적·사회적 위치를 균형 있게 발전시킬 수 있는 중도의 길을 찾아야 한다.

그러기 위해서는 내 주변 환경의 수준과 자신의 위치를 명확하게 파악해야 한다. 또한 타인의 문제에 너무 깊이 관여하지 말고 내게 주어진 문제와 환경개선에 더 집중하고 최선을 다하는 것이 좋다. 타인을 신뢰하고 공동의 이익을 추구하는 공동체 생활 속에서도 자신의 존재가치를 아는 것이 중요하다는 얘기이다.

일부분은 타인을 위해 공헌하며 그에 대한 자신감과 자부심을 갖고, 다른 일부분은 자신의 삶을 능동적으로 이끌어 나가는데 열과 성을 다하는 것이 바람직한 생활양식이라고 생각한다.

2장
평범한 사람으로서의 자아 성취 개발

올바른 지식을 삶의 지혜로 잘 활용하는 삶

백각이불여일행(百覺而不如一行)이라는 말처럼 백 번 깨우치는 것보다 한 번 행하는 것이 낫다. 다시 말해 많은 지식을 가지고 실천하지 않는 것보다 적지만 올바른 지식을 한 가지라도 실천으로 옮기는 것이 낫다는 것이다. 그리고 이렇게 실천한 것을 자신의 몸에 맞게 습관화하는 것이 바람직한 생활양식이라고 생각한다.

명문대학을 나온 사람이 모두 잘 되는 것은 아니다. 방송대, 사이버대학, 지방대를 나온 사람이라도 인내와 끈기를 가지고 올바른 지식 한 가지를 직장이나 일상생활 속에서 꾸준히 실천으로 옮긴다면, 명문대학을 나온 사람보다 훨씬 큰 영향력을 가정, 사회, 국가 또는 세계에 미칠 수 있다고 본다.

살아가는데 필요한 지식을 많이 습득하는 것도 필요하지만, 알고 있는 지식을 현실에 맞게 변형하고 활용하는 것이 더욱 중요하다고 생각한다. 학업 성적이 최상위권에 있는 학생이 일상생활 속에서 자신이 배운 이론을 활용해 본 경험 있는 중위권 학생보다 현실 문제 해결 능력이 떨어진다.

예를 들어 총명하고 육체적으로 건강한 물리학과 학생이 강의실 문 한가운데를 힘껏 밀어 보았지만 열리지 않았다. 그러자 그 학생은 열리지 않는 철문 앞에서 쩔쩔맬 뿐 해결 방법을 찾지 못했다. 이를 본 중위권 학생이 철문 가장자리를 잡고 쉽게 문을 열었고, 총명한 학생은 그 모습을 보고 영문을 모르겠다는 눈치를 보냈다.

총명한 학생은 학교에서 배워 알고 있는 물체를 회전시키는 힘, 토크(Torque)를 학문적으로는 이해하고 있었지만 그 학문적 이론을 현실에서 활용하지 못했던 것이다. 반면에 중위권 학생은 문을 열 때 경첩이 달린 쪽에서 먼 곳을 밀어야 문을 쉽게 열 수 있다는 것을 경험으로 잘 알고 있었다.

위의 이야기는 간단한 물리 현상에 대한 지식을 일상생활 속에서 잘 활용하지 못해 이론과 실제 사이에 괴리가 발생한 것을 보여주는 좋은 사례이다.

여태까지 배워 온 수많은 지식을 필요한 시점에서 적절히 활용하지 못할 바에야, 적지만 실천하기 쉬운 지식을 몸으로 익히고 습관화해 현실 속에서 활용할 수 있도록 하는 것이 좋다. 이것이 배움에 대한 접근방법으로 훨씬 더 바람직하다는 생각이 든다. 적은 지식을 적절한 시점에서 올바르게 사용해 인간의 도리를 다하는 것이 오히려 평화롭고 아름다우며 참다운 삶을 살아가는 지름길이라고 생각하기 때문이다.

그래서 나는 최근에 학교·가정·사회에서 얻은 경험과 책, 인터넷 등을 통해 알게 된 지식을 다시 한번 돌아보고, 지금 내 현실에서 그 지식 중 한 가지라도 삶의 지혜 삼아 잘 활용하고 있는지 점검하고 있다. 백 가지, 만 가지의 올바른 지식이라도 머릿속에 넣어만 두고 현실에서 활용하지 못한다면 결국 쓸모없는 지식에 불과하다는 생각이 들었기 때문이다.

그래서 나는 진실하고 올바른 지식을 한 가지라도 말과 행동으로 옮김으로써 언행일치(言行一致)하도록 부단히 노력하고 있다. 또한 습관적으로 가지고 있는 지식을 실천으로 옮겨 올바른 삶의 지혜로써 활용해 나가겠다는 마음가짐을 가지고 생활하고 있다.

일상생활 속에 일어나는 작은 일일지라도 내가 말한 것과 행동한 것이 일치하면 타인으로부터 믿음과 신뢰를 얻을 수 있고, 가족 또는 주변 사람들에게도 아주 작은 공헌이라도 할 수 있는 길이 열릴 수 있다고 생각한다.

작은 성공에도 자신감과 자부심을 갖는 삶

헨리 데이비드 소로우는 "삶에서 자신이 이룰 수 있는 성공은 가치 있는 목표를 하나하나 점진적으로 성취해 가는 것."이라고 하였다. 즉 우리의 성공은 최종 목표를 잘게 쪼갠 작은 목표들을 하나씩 성취해 나가는 과정 속에서 겪은 실패와 성공이 모여 만들어지는 것이다.

정치가, 행정가, 법률가, 학자, 과학자, 기업가, 예술가, 문학가, 스포츠 선수 등 특정 분야에서 백 년 이상 이름을 남기고, 후손들에게 모범적인 사람으로 평가받을 만큼 큰 성공을 이룬 인물은 한 세기에 몇 명밖에 없다. 그렇게 큰 성공을 이룬 몇 명을 제외한 나머지는 작은 성공을 하거나 평범하고 소박하게 생활하고 있는 사람들이라 볼 수 있다. 이 중에서도 작은 성공을 이룬 사람들은 태어났을 때 있던 자기 위치보다 정신적·물질적·사회적으로 조금 더 나은 위치로 올라가는 것만으로도 주변 사람들로부터 박수갈채를 받을 수 있지 않을까 한다.

그러나 이것도 쉽지 않다. 국내에서 작은 성공을 하려면 최소한 이름 있는 우수한 명문대학을 나오거나, 상당한 인맥을 가지고 있거나, 물질적인 풍부한 재력을 갖추고 있어야 그나마 가능하기 때문이다. 아주 가끔 어렵고 힘든 여건 속에서 불굴의 의지로 노력하여 작은 성공을 일궈낸 사람도 종종 볼 수 있기는 하지만, 그런 사람은 정말 소수에 불과하다.

큰 성공 또는 작은 성공을 이끌어 낸 사람들은 다른 사람들보다 좋은 고급주택, 비싼 음식, 멋진 옷, 고급 중형차, 아름다운 귀금속, 희소가치가 있는 예술품 등을 소유하는 등 좋은 환경 속에서 안정되고 편안한 생활을 한다. 이들이 하루 세끼를 근근이 먹고 작은 전세방에서 잠자는 사람들과 다른 점은 먹는 것, 입는 것, 자는 곳이 더 좋은 여건이냐 아니냐, 그리고 편안하고 안정된 생활을 보내고 있느냐 아니냐일 뿐이다. 결국 삶의 무게나 가치는 모든 사람이 같은 것이다. 누구에게나 하루에 주어지는 시간은 24시간뿐이고, 성공 여부와 관계없이 우주 속에 존재하는 모든 동·식물처럼 자연 속에 잠깐 머물다가 백 년을 채 넘기지 못하고 죽음으로써 자연으로 돌아가는 것이다.

우리가 결혼했건 안 했건, 돈을 많이 벌었던 적게 벌었던, 높은 직책을 가졌던 낮은 직위를 가졌던 퇴직한 후에는 노후를 맞이하게 되고, 다가오는 죽음에 대한 불안함과 막막함을 똑같이 느끼고 있다. 이는 물리적으로 막을 수 있는 것이 아니기 때문이다. 얼마 남지 않은 삶 속에서 지나온 인생을 되돌아보면 희비애락(喜悲哀樂)이나 삶의 굴곡은 큰 차이 없다.

그러므로 성공했다고 너무 자만하거나 과시해서는 안 된다. 우리는 성공 뒤에 오는 공허함을 감당할 수 있는 자세를 배워 둘 필요가 있고, 성공이 삶의 전부가 되어 자신의 정체성과 가치까지 성공에 잡아먹혀서는 안 된다는 것을 알아야 하는 것이다.

결국 올바른 삶의 행동양식은 성공이냐 실패냐가 아니라, 주어진 환경을 꾸준히 개선해 나가며 내가 바라는 작은 것을 하나씩 성취하며 그 과정에서 삶의 가치를 배우는 것이다.

내 힘으로 차곡차곡 쌓아 올리는 과정 속에서 일궈낸 성공이 아무리 작더라도 자신감과 자부심을 갖고, 내가 가지고 있는 것에 만족하며, 스스로에게 박수를 보내며, 긍정적이고 낙천적인 자세로 성실하게 오늘을 살아가는 것이 바람직한 생활양식이라 생각한다.

일일신우일신(日日新又日新) 하는 소박한 생활

'유명하거나 비범하게 성장하여 타인의 이목을 받으며 자유롭게 활동하지 못하는 것보다, 소박하고 평범하게 살되 편안하고 자유롭게 생활하는 것이 오히려 더 행복하고 즐거운 삶을 보낼 수 있지 않을까?'라는 생각을 한다. 천재 같은 재능도 없고 언변도 뛰어나지 않더라도, 시대를 살아가는데 불편함을 느끼지 않을 정도의 학식과 재물을 갖추고 살아가면 된다는 것이다. 그리고 주변 사람들과 어울리며 따스하고 잔잔한 미소를 전할 수 있는 마음의 여유를 갖고 생활한다면 평범하고 행복하며 즐거운 삶을 살아가고 있는 것이라 생각한다.

나는 지금까지 가능한 긍정적이고 낙천적으로 현실을 바라보며 살아왔고, 앞으로도 그런 태도를 지닌 채 살아가고 싶다. 고인이 되신 부모님의 가르침에 따라 거짓말하지 않고 정직하게 살 것이며, 성실한 자세로 내 삶을 관망하며 모든 일에 열과 성을 다하며 살아갈 것이다. 또한 모든 일을 심사숙고하여 결정하고 결정한 내용은 말보다 행동으로 옮기려고 노력하고 있다. 그러면 반드시 삶을 아름답게 마무리할 수 있다는 강한 신념을 가지고 나는 지금도 생활하고 있는 것이다.

이런 강한 신념을 내 마음속 깊이 품고 생활함으로써 지금까지 닥쳐온 어렵고 힘든 역경을 꿋꿋이 이겨 냈고, 쾌락이나 무절제한 생활의 유혹을 뿌리치며 올바르고 즐겁게 참다운 삶을 찾아 살아왔다. 나와 남을 비교할 때도 성공한 사람의 장점은 받아들여 내 것으로 만들고, 실패한 사람의 단점은 익히지 않도록 스스로를 채찍질하며 타산지석(他山之石)으로 삼았다. 앞으로는 내 약점에 대한 열등감을 해소하기 위해 열심히 노력하며 살아갈 것이다.

내 앞에 놓인 조그마한 이해관계에도 얽히지 않아 편안하고 자유로운 일상생활을 하는데 지장이 없다면, 또 스스로를 엄격하게 다스리면서도 타인은 부드럽게 대하고 평소 근검절약하며 주변 사람들로부터 인간답다는 말을 들을 수 있다면 부러울 게 무엇이 있겠는가?

평범하고 소박한 사람으로서 검소하고 겸손한 자세로 생활하며 참다운 삶을 찾아 살아가겠다는 마음가짐을 가진 채 과욕을 부리지 않고 현실에 만족한다면 그것이 곧 행복한 삶이 아니겠는가? 그리고 평소 일일신우일신 하며 자신의 단점을 개선하며 열심히 살았다면 남부럽지 않은 삶을 살아 온 것이 아닌가?

타인에게 피해와 부담을 주지 않고, 검소하고 겸손한 자세로 생활하는 사람이 진정 평범하고 소박한 삶을 살아가는 사람일 것이다. 이런 마음가짐을 갖고 지금보다 더 나은 곳으로 가기 위해 열심히 노력하는 사람이 행복하고 즐거운 삶을 평생 영위해 나갈 것이라고 나는 생각한다.

자기 계발을 통한 가치 있는 평범하고 진솔한 삶

우리는 끊임없이 자기 계발을 통해 평범하고 진솔하며 참다운 삶을 찾는다. 그리고 현재 위치보다 조금 더 높은 곳으로 올라가겠다는 큰 뜻을 펼치며 살아가고 있는 것이다. 대통령, 국회의장, 대법원장, 대학 총장, 사장, 은행장, 본부장, 성직자, 연예인, K-pop 가수, 게임·요리 또는 인테리어 전문가 등을 염두에 두고 자신의 능력과 인품을 갖추기 위해 각고의 노력을 하면서 꿈 너머 꿈을 이루기 위해 살아간다.

우리가 꿈꾸며 원하는 자리에 모든 사람이 다 같이 앉을 수는 없다. 왜냐하면 내가 존재하는 시대는 길어봐야 백 년이고, 내가 원하는 자리는 한정되어 있기 때문이다. 최선의 노력을 다했음에도 불구하고 원하는 위치에 도달하지 못하였다 할지라도 실망하지 않고 최선의 노력을 다한 자신에게 박수를 보내며 현실을 인정하는 것이 바람직한 생활양식이라고 생각한다. 이렇게 모든 것을 인정하고 자신의 분수에 맞게 생활하며, 현재 자신이 머물고 있는 위치에 만족하고 주변 사람들과 자연 속에서 조화를 이뤄 살아가는 것이 참다운 삶이다.

누구나 타인보다 높은 자리에 앉고 싶지만, 모두가 그런 자리에 앉을 수는 없다. 그러니 낮은 자리에 앉아 있다고 위축될 필요도 없다. 자신의 자리에서 높은 뜻을 세우고 자기 계발을 통해 사회구성원으로서의 역할을 다하며 살아왔다면, 지금도 자기 분수를 지키며 꿋꿋이 살아가고 있다면 평범하고 소박한 사람으로서 보람차고 진솔하며 참다운 삶을 살아가고 있는 것이다. 이런 생활양식을 지키고 있는 자신의 삶에 가치를 느끼고, 세상과 조화를 이뤄 주변에 행복과 편안함을 전달해 주고 있다면 자신의 역할을 충분히 수행하고 있다고 나는 생각한다.

진정 참다운 삶의 본질을 찾는 사람의 입장에서 볼 때 명예, 권력, 직위, 자동차, 가구 등은 우리 삶의 일부분에 불과하다. 내가 살아있는 동안 내 곁에 잠시 머물다 없어지는 겉치레일 뿐인 것이다. 이런 부수적인 것들은 내 삶의 본질이 아니다. 타인에게 보여주기 위한 과시용이며, 일시적인 것일 뿐이다.

세상에 영구불변한 것은 없으며, 모든 것은 시간에 따라 변한다. 내가 보유하고 있는 것 역시 평생 소유할 수 있는 것이 아니며, 시간의 흐름과 주변 상황에 따라 변해간다. 따라서 이런 부수적인 것에 연연하지 말고 자신이 가지고 태어난 본질과 특성, 능력 범위 내에서 가치 있는 것을 찾아야 한다. 그를 통해 행복하고 진실한 삶을 찾아가면서 나를 밖으로 드러내고 자유롭게 살아가는 것이 바람직한 생활양식이라 본다. 이런 의지와 신념을 지닌 채 긍정적이고 낙천적인 자세로 살아간다면, 아무리 못나고 불행한 사람이라도 자신이 지닌 특성 자체만으로 향긋한 향기를 주변에 발할 수 있다.

우리가 산에 오르는 것은 나무, 바람, 새, 꽃, 계곡물, 토양 등 드넓은 자연환경이 우리를 포근한 마음으로 받아주고, 포용해 주며, 조화를 이룰 수 있도록 무한히 반겨주기 때문이다. 삭막한 도시, 복잡하게 엉켜있는 일상생활을 벗어나 자연의 품에 안길 수 있고 마음의 평화를 찾을 수 있는 곳이기 때문에 산을 찾아가는 것이다.

푸르고 울창한 숲속에서 한 발짝 한 발짝 걸음을 옮기면서 바람 소리, 새소리, 물소리를 듣고 간간히 나뭇잎 사이로 비치는 태양의 빛줄기와 하늘을 떠다니는 뭉게구름을 쳐다본다. 누구에게나 평등하게 주어지는 자연의 혜택을 맘껏 누리고, 향기로운 꽃 향기를 맡으며 산 정상으로 뚜벅뚜벅 걸어가는 이 기쁨과 행복을 세상 어느 것에 비교할 수 있겠는가?

우리 인생사도 마찬가지이다. 어떤 자리와 직위를 차지하기 위해 사회의 조화와 질서를 무시하고 목표 달성만을 위해 내달려서는 안 된다. 주변을 돌아보며 자신의 능력과 자질에 맞는 위치를 찾고, 분수를 지키며, 자기 계발을 통해 가치 있는 삶을 찾아가는 것 중요하다고 생각한다. 그리고 매 순간 최선을 다하고 열심히 일하며 살아가는 진실한 삶에 의미를 두는 것이 바람직한 생활양식이라고 본다. 그래야만 진실하고 참다운 인간으로서 향기를 발하고 주변 사람들에게 편안하고 행복한 환경을 만들어 줄 수 있다.

결국 역사에 이름을 남기지는 못하더라도, 참다운 삶을 찾아 노력하는 행동 자체가 평범하고 진솔한 사람들의 삶을 가치 있고 보람차게 만드는 올바른 생활양식이라고 나는 생각한다.

평범하게 산다는 것

명예, 직위, 재물에 큰 욕심을 가지지 않고, 가정과 건강을 지키며, 자연과 함께 공존공영하며 평범하게 산다는 것은 대체 어떤 삶일까? 불곡산 산책길을 따라 걸으며 사색에 잠겨본다.

저자는 상위 30~40% 정도의 중산층에 속한 아주 평범하고 소박한 사람이다. 그래서 자신과 비슷한 생각을 가지고 비슷한 수준으로 살고 있는 사람들의 생활양식을 눈여겨보고 귀담아들으며 살아왔다. 그리고 이런 생활양식이 평범하고 소박하지만 평화롭고 즐겁게 사는 참다운 삶인지, 타의 모범이 될 수 있는 것인지 궁금해 저자의 생활양식을 구체적으로 정리했고, 『나의 꿈은 멈추지 않는다』의 후속서로 엮었다.

이 후속서는 30년 이상을 동고동락하며 공감대를 형성해 온 친구들의 적극적인 도움으로 용기를 얻어 독자들에게 공개하기로 결심했다.

지금까지 평범하고 소박한 삶을 살아왔고, 현재 살아가고 있으며, 앞으로도 살아가야 할 저자가 평소 체험하고 느끼면서 실천해 온 내용이 담겨 있다. 저자는 이 책 속에서 밝힌 바와 같이 평범하고 소박한 삶, 그 자체로도 충분한 가치가 있다는 확실한 신념을 갖고 있으며, 자연과 함께 평화로운 환경을 만들어가는 과정에서 아름다움을 만끽하고 행복하게 살아가는 것이 진정 참다운 삶이라 생각하고 있다.

아주 평범하고 소박한 저자의 삶을 독자에게 훤히 드러내는 것이 두려우면서도 한편으로는 아쉬움이 남는다. 그렇지만 저자가 발간한 이 책이 평범하고 진솔한 삶을 살고자 노력하는 사람들에게 있어 가볍게 읽을 수 있는 안내서가 되었으면 한다. 그 결과 책을 읽은 이들이 더 나은 삶을 살아가는데 조금이라도 도움을 받는다면 큰 보람을 느낄 것이다.

하지만 각자의 위치와 처한 상황에 따라 생활방식과 양식이 매우 다르기 때문에, 저자가 제시한 구체적인 행동양식을 모델로 삼아 생활할 것인지 아니면 참고만 할 것인지 여부는 전적으로 독자 여러분의 판단에 따라야 한다. 왜냐하면 삶에는 정답이 없으며, 인생을 설계하고 행동으로 옮기는 것은 저자가 아니라 독자 여러분이기 때문이다.

끝으로 이 책의 발간에 많은 도움을 주신 ㈜북랩의 관계자분들과 영원한 친구들에게 감사의 마음을 전하고자 한다.